FURIOSA-
MENTE
CALMA

Denise Crispun

CB072603

numa
EDITORA

À memória do meu pai

Uma história não é como uma estrada a seguir, é mais como uma casa. Você entra e fica lá por um tempo.

ALICE MUNRO

Sumário

— Lagarta   9
— Se eu fosse Diane Keaton   11
— Classicorpo   15
— Kanabungaku   16
— Conhecimento   20
— O homem invisível   21
— Os filhos de Saturno   23
— A loja de turbantes   26
— A ampulheta   29
— O laço de fita   32
— Vivaldi   35
— Calendário   38
— A virtude da ignorância   40
— Encontro   42
— Bwerani   43
— Asas   50
— Maria-sem-vergonha   52
— Lembranças   56
— África   58
— As batatas elétricas   60
— Baladeprata   64
— Lindinha   65
— Super bonder   76
— O anel do papa   79
— A palo seco   83

- Se tudo já está dito... — 85
- Faxina — 87
- Folha morta — 90
- Filhos — 92
- Onde? — 97
- A falange — 100
- O bilhete — 102
- Octopus Vulgaris — 106
- O postal/ Un Moulin de Montmartre — 108
- O kibutz — 111
- Amigos — 113
- Desejo — 117
- A pequena vendedora de cobre — 120
- Quem diz eu — 123
- A mão — 126
- Na consulta — 128
- A testemunha — 132
- Raio X — 133
- Só — 136
- Dentes — 139
- Raízes — 144
- O outro caso Morel — 146
- Caligrafia — 149
- As pedras — 151

—
Lagarta

Nunca valorizei o fluxo, pois me parecia uma arte com preguiça, no entanto fui fisgado.
Anônimo, século XIX.

Desta lasca de pele vai nascer um outro eu. Será?... que é assim que funciona? Então é assim que funciona?

Tudo começou com uma descarga elétrica, um fio de pensamento, um traço livre que escapou do limite.

E se jogou.

E foi atrás, até onde a vista não alcança, onde não há peso, e o tempo... Ah! O tempo não interfere, fica só ali, no balanço, de um lado para o outro, sentindo no rosto o tempo passar...

Faz-me rir. Seria lindo, mas o tempo não está para brincadeiras. Estamos vivendo o apocalipse das meias de seda, das gravatas e dos vestidos plissados. Finito.

A festa agora é Macunaíma, comemos e regurgitamos, e assim comemos outra vez. Pois é dessa pele que estamos esticando ao limite que iremos tecer o cobertor para o frio e o agasalho para os delírios.

O papel de seda vem antes da seda, que vem antes do bicho, e antes do bicho havia somente a ideia da pele, translúcida, com nervuras invisíveis, tecida pelas aranhas que encontrei nesta escada. A lagarta ainda não vi.

Daqui do alto da escada ouço uma construção ininterrupta, martelo, serra, vergalhão e cimento, operários de máscara constroem um monumento onde nunca irão pisar.

Daqui do alto da escada sinto vertigem, ouço vozes que me contam como foram um dia, antes da pele que ainda não tenho, mas que se anuncia.

Se eu fosse Diane Keaton

Veja se você me entende: se eu fosse Diane Keaton, teria a cabeça ocupada com questões relevantes e não ia me preocupar com a pele sem viço, as olheiras profundas e minha atual invisibilidade diante dos desconhecidos, porque assim que eu abrisse a porta, na primeira cena, iria trocar olhares com o vizinho que acabara de chegar, um homem solitário e rabugento, mas que manteve, ao longo dos anos, o hálito fresco e a covinha no queixo inalterados, o verbo afiado, repleto de segundas intenções, embora esse primeiro embate entre os dois ainda fosse muito contido.

Já na segunda cena, nós iríamos brigar, avançando na trilha de conquista, afinal, independentemente da idade e dos eventuais desconfortos, temos um compromisso firmado com a felicidade que o tempo nos impingiu. E se você discorda ou vê a situação com deboche, é melhor parar de ler por aqui.

Mas se eu estivesse no lugar dela – sim, continuo falando de Diane Keaton –, iria chorar no primeiro acorde de piano e seguiria com passos leves na sequência óbvia, cheia de emoção. Pois a música me remeteria ao passado repleto de momentos felizes mesclados com a dor da partida de um companheiro de vida, de forma trágica e repentina e que nos é sugerido por meio de um retrato em preto e branco, pousado em cima do piano ou da lareira.

Na vida real, fui casada com um ogro, que fez de mim – de comum acordo, é bom deixar claro – a pior esposa do mundo, pois vocação eu já tinha. Transformei-me numa megera, insuportável.

Nós dois, de comum acordo, conseguimos envenenar nosso cotidiano com doses maciças de ironia, álcool e nicotina, que ajudou a destruir uma parte considerável dos nossos pulmões.

Mas se eu fosse ela, manteria o queixo firme, apesar da dor da saudade atravessada no peito, e não me importaria com nada, e mesmo sofrendo uma enorme perda, mesmo sem a mesma energia da juventude, adotaria três crianças de continentes diferentes, encheria a casa de plantas, ajudaria os povos da África e nas férias meditaria no Butão. Mudaria mais uma vez, radicalmente, a alimentação, retirando os supérfluos, diminuindo as necessidades, até viver apenas de luz. Mas a taça de vinho ocasional eu manteria, pois, em muitos momentos importantes, o vinho é um alimento espiritual.

Já meu marido reclamava que eu bebia demais, dizia que alimento espiritual era uma boa desculpa para minha alma ébria e descontrolada. Isso era dito aos berros enquanto ele completava seu copo, mantido sempre cheio até a borda, ou, em momentos mais radicais, quando atirava a garrafa na parede. Mesmo acuada, passei a gostar dos cacos de vidro espalhados pelo chão, pois isso significava uma pausa nas nossas discussões.

Voltando ao roteiro, na segunda virada importante, Diane irritou-se com o vizinho e dei a ela toda razão. Insensível, ele desprezou a visita do filho e seu pedido de ajuda. O rapaz seria enviado para a prisão e iria pagar por um crime que não cometeu, mas, ainda assim, o pai não o perdoou, pois, no passado, ele havia chegado chapado ao enterro da mãe. Diane tentou intervir, em vão. "Ele não tinha o direito", afirmou o vizinho quando saiu, furioso, batendo a porta. Mas Diane sabia o que estava fazendo. Aquela couraça de homem insensível teria que ser removida mesmo que ela tivesse que pagar caro por isso. Essa era sua missão.

Admiro Diane no que ela tem de profissional. Seu trabalho é impecável e o resultado é comovente. Pois para quem já ganhou um

Oscar atuando num filme genial, aquilo ali era um lixo, difícil de digerir, mas ela o interpretava com muita dignidade.

Dignidade que eu não tinha para encarar o roteiro que deveria entregar na segunda-feira. Eu tinha apenas 48 horas e uma enorme enxaqueca, pois abusara do gim. Discordava de tudo o que estava escrito, mas não podia voltar atrás. O contrato assinado, o dinheiro já empenhado – grande parte havia sido gasta na clínica de reabilitação do meu ex. Na Zona Sul era mais caro, mas assim eu podia visitá-lo com mais frequência. Eu havia vendido o carro e voltava caminhando, refletindo sobre o nosso processo criativo e o que havíamos escrito até então.

O roteiro havia sido ideia dele quando ainda éramos uma dupla, quando nós dois ainda tínhamos um pulmão sadio e um fígado funcionando sem ajuda de medicamentos. Era uma história simples, mas com elementos fortes, e por isso nos apegamos a ela. Uma fábula urbana, que falava sobre a solidão e a incomunicabilidade. A história de dois vizinhos que nunca se conheceram, mas sempre se amaram e estavam predestinados a se encontrar.

A sinopse foi aprovada, mas o desenvolvimento passou por muitos percalços. Eu queria fugir do óbvio, dos diálogos fáceis, das cenas superficiais, queria algo de impacto. Um filme que nos representasse e que trouxesse um fio de esperança, apesar dos percalços que os personagens teriam que atravessar. Pois mesmo que nossa relação estivesse se esvaindo pelo ralo, encharcada de álcool, o filme nos redimiria. Mas infelizmente não consegui.

Após uma briga terrível, quando discordamos radicalmente do clímax e do desfecho, ele queria um final feliz, eu não, o Ogro foi internado e eu fiquei só, com um roteiro inacabado. Por isso a minha surpresa quando liguei a TV e me deparei com Diane Keaton interpretando o filme que eu estava escrevendo. Era praticamente a mesma história, um plágio mal-acabado, repleto de clichês, que me desacreditavam como autora e, pior, davam um tom óbvio e patético ao que eu imaginava original e verdadeiro. Mas quem iria acreditar em mim? Mesmo contrariada com o que via na tela, eu precisava admitir que ela era capaz de transformar lixo em ouro, com suas lágrimas sinceras e seu desejo de acertar. E por pior que fossem os diálogos e a premissa, eu me identificava, sim, com Diane Keaton quando ela afirmava, esperançosa, que ainda não havíamos chegado ao final. Por isso, mesmo com todas as dificuldades que tenho passado, eu não a invejo. Ela agora padece de uma doença terrível, aquela que nem dizemos o nome, a doença do esquecimento. E terá que correr contra o tempo, pois mesmo que ainda tenha um viço nos olhos, o corpo firme e um marido exemplar que se arrepende muito por tê-la traído, ela tem pouco tempo, antes que sua mente se transforme numa tela branca e oca, sem lembranças, espere, essa não é Diane, e sim a ruiva, dos olhos de mel, que acaba de ganhar um Oscar por sua interpretação sublime. Como é mesmo o nome dela? Julianne?

Classicorpo

Por que escrevemos?
Porque não podemos somente viver.
PATTI SMITH

Fragmentos de um corpo cansado foram encontrados no antigo depósito de pólvora, hoje um jardim. Sem impressões digitais, foi impossível identificar o proprietário.

Apenas uma parede permaneceu de pé. Com a ação do calor, a tinta escorreu e formou uma poça.

A poeira dos tijolos expostos permaneceu em suspenso por muitos dias. Até que baixou.

O carbono do antigo corpo cansado, agora cinzas, reativou 28 letras e três sinais de pontuação.

Na reentrância da única parede que permaneceu de pé surgiram grafites que, misturados ao carbono, formaram um novo núcleo celular.

O antigo corpo cansado ganhou um novo contorno, pontilhado, alimentado pela decomposição do corpo que já não existia mais.

Mil anos depois, numa análise combinatória adequada, o corpo de uma mulher que também era homem acordou.

Leve, leve, leve, leve.

Kanabungaku

Qual será o tema? Sua paisagem? Perguntou Philip Roth. Eu digo que não. Falaremos de mulheres e seus travesseiros de madeira.

Leio todos os dias e quando não leio, invento o que li. Passo a limpo até que baste. Sempre é bom deixar descansar, como uma massa de pão. Numa cultura binária, as possibilidades diminuem. Não há nuances. Ou você é saudável ou está doente. Ou você funciona ou não. Mas e se você resiste?

Então o quê?

"Século X. Década de 990. Sei Shônagon, como a maioria das mulheres que viviam na corte em Quioto, sofria de lazer. Enclausurada, passava os dias olhando para o espaço, em agonia. Os aposentos quase vazios, com suas telas, tapetes e cortinas de seda geralmente às escuras, não tinham privacidade. Porém, através da treliça e das paredes finas que as encarceravam, o som viajava." E do som vieram palavras. E a caligrafia. E por não ter o que ler, passaram a escrever na língua em que era permitido falar. Ao receber um conjunto de papéis preciosos, Sei Shônagon tomou uma decisão. O travesseiro é uma recriação do que se fala entre quatro paredes. E o sussurro dessas mulheres virou uma escrita, tecida nas entrelinhas, articulada através dos detalhes de aparente desimportância, delicada e resiliente.

"Uma criança que brinca brandindo um arco rústico, uma vara ou algo assim, é muito graciosa. Dá até vontade de parar a carruagem carregá-la para dentro e ficar olhando-a bem de perto. E então é bastante agradável sentir o intenso aroma do incenso que vem de suas vestes."

Segue abaixo, ao gosto do leitor, a lista das coisas insignificantes que escolhi.

O ruído da roda

O sopro do vento

O pente atravessando os cabelos

A neve no telhado

A seda que teima em sair do lugar

A lagarta

Os sussurros

O riso abafado

A perseverança

Então o barco e a caligrafia e os muros danificados. Pessoas conhecidas por seu bom coração. O que não se classifica, mas deixa um traço. Como a beleza da escrita e o misterioso e suave tracejar de uma pena sobre o papel antes ainda de ser.

O que está mais próximo de nós e que não percebemos. O gosto residual, onde fica tão pouco e, no entanto, tudo fica. A resistência. Feminino.

Coisas que simplesmente passam... e passam.

O barco a vela, a idade das pessoas, a primavera, a outra estação e mais outra.

E foi mais que suficiente, e tinha ritmo quando lido em voz alta ou em segredo. Quanto à lua, quanto ao sol, quanto às estrelas, é só olhar. Pois também são coisas que se arriscam. São afagos, não duram nada. E ainda assim permanecem, enquanto percorrem a natureza, e dentro da natureza, e dentro de nós. É possível tocá-los, pois são como sinos ao vento. Ninguém sabe ao certo quando outro vento virá.

Gaiolas

Estou desmontando uma história de vida. A minha e de muitas outras. A noção de que certos livros se destinam a certos olhos ou aos olhos de certos grupos é tão antiga quanto a flauta de Pã. Era assim.

Copiamos e repetimos e recitamos com nossa voz adestrada e suave antes de perceber que nos envolveram em território marcado. Coisas que parecem belas podem ser aterradoras.

Não é mais.

Mãe e filha

O olho da minha filha vê diferente do meu. Ela fica indignada com coisas que não percebi. E isso não vai passar. Vou ter que explicar com minhas palavras, sem truques. Minha mãe era submissa e eu a desprezei. Acreditava em segredos que não se deviam contar às crianças, eu a desprezei por isso também. Achava-me infinitamente melhor. Como ela não enxergava? Congelei minha mãe junto com suas opiniões e segui. Tenho boas lembranças da liberdade que inventei, mas ao passar para o outro lado, vejo que muito foi inventado, adocicado até enjoar. Esses sim eram truques. Mas isso não vai passar. Antigamente, os homens explicavam tudo para mim. Era um silenciamento. Como deixamos acontecer? Agora não mais. Sou rua de mão e de contramão, abandonei as explicações. Ainda assim é difícil entender o verbo da minha filha. Ela fala uma língua que me atordoa, como eu devo ter atordoado minha mãe. Ela se impõe, dita regras, detesto, tenta me enquadrar, não aceito, mas eu diria que é um remix, bravo e inteligente, onde encontro Sei Shônagon, Lucy e tantas outras, com as mãos ocupadas na massa do pão que preparamos arduamente. Lucy caçava brotos e insetos, eu caço palavras. Às vezes descanso. Tenho muito a aprender, e muito para expurgar. O que não prestar, queimaremos numa fogueira e vou escrever também sobre as cinzas. Estou deitada na cama ao lado de minha filha e isso diz muito de nós.

Conhecimento

Aos cinco anos, nadava como um peixe, e no silêncio das águas, imaginava os números e as equações. Aos dezesseis anos, resolveu o problema das pontes de Königsberg e com isso abriu caminho para a Academia. Surpreendeu a família, foi motivo de inveja, as espinhas sumiram, mas ainda não havia vencido a timidez.

Num salto quântico, conseguiu um emprego e tornou-se íntimo do teorema de Fermat. Conheceu uma menina brilhante, quase uma replicante, deu match, seguiram adiante e esqueceram-se da tabela mais simples, a da fertilidade.

Mas quando o filho nasceu, as fórmulas perderam a precisão. Sua retina descolou, descodificando os códigos que sabia de cor. Equações, expoentes, sistemas analíticos e a teoria das categorias perderam a função. A matemática desaplicou-se e os cálculos tornaram-se incógnitas. Desaprendeu. Faltava-lhe o mar. Pegou o filho pela mão e foi mergulhar.

O homem invísivel

Cada palavra é uma metáfora morta,
e esta declaração também é uma metáfora.
LUGONES

Ontem visitei a biblioteca dos livros rejeitados. A porta entreaberta me surpreendeu. Percebi um vulto por trás de uma pilha de livros, cheguei a sentir sua respiração. Mas enquanto me debruçava por sobre uma dessas pilhas, ele desapareceu entre as prateleiras.

Ontem visitei a biblioteca dos livros rejeitados. E o que esperava encontrar? Esperava encontrar indícios, explicações, carbono 14 e uma receita para curar uma fratura antiga no meu tornozelo que se solidificou. Por isso eu mancava, arrastando a perna acidentada.

Por que na biblioteca? Ordens médicas. E o que o médico prescreveu, tive que decifrar, pois a letra da ciência é sempre um enigma.

Procure por assuntos em ordem alfabética, ele disse: Anagramas, basófias, concretudes, digressões, esboços, formulações, garranchos, hipérboles, impressões, jurisprudências, linotipos, mesóclises. Procure também agradecimentos, dedicatórias, assinaturas, traças, papiros e inscrições em pedras calcáreas.

E se nada conseguir encontrar, procure por um senhor

conhecido como Borges. Não o escritor, e sim o homem que tira o pó de todas as letras. Ele saberá. Imediatamente me lembrei de suas palavras.

Borges, não o escritor, e sim o homem que espanava o pó, disse uma vez que primeiro fez-se o verbo, em seguida veio a metáfora. E se não foi bem isso, foi assim que compreendi. Pois o outro Borges, o cego, me guiava em direção à luz. Fui tecendo um no outro, procurando o manuscrito que nunca escrevi, mas que gostaria de ler um dia.

Borges, o homem do pó, sabia de muitas coisas, mas desprezava as explicações óbvias. Inteligente, me ensinou a ocupar lacunas com mais lacunas, assim ninguém poderia reclamar que não havia espaço para novas interpretações.

Certa vez, numa palestra, o outro Borges citou John Wilkins e suas ideias mirabolantes. Em sua vasta pesquisa, Wilkins interessou-se pela teologia, pela criptografia, pela música, pela confecção de colmeias transparentes, pela trajetória de um planeta invisível, pela possibilidade de uma viagem à lua e pelos princípios de uma linguagem mundial. Imagine só? Uma linguagem mundial. Pena que seu verbete foi apagado da Enciclopédia Britânica. Mas quem sabe ali, na biblioteca, restasse um rascunho?

Os dias se parecem e se parecem. E eu agora fui nomeado curador da Biblioteca dos Livros Rejeitados. Acredito que vou encontrar o que busco e a pomada que alivia, pois ao contrário de Borges, que é infinito, cada exemplar dessa biblioteca é único.

Os filhos de Saturno

O único mistério é que existe alguém pensando no mistério.
FERNANDO PESSOA

Da impossibilidade como uma questão fundamental. Era este o título da obra que recebi pelo correio, onde constava meu endereço, porém sem remetente. Impecável e discreta, a obra veio embrulhada em papel ofício, com as letras manuscritas, sem rasura ou sinal de cola escapando pelas dobraduras bem-feitas. Não consegui abrir o pacote de imediato, passei a criar suposições.

O remetente?

Um estrangeiro, recluso, que encontrou meu nome ao acaso e descobriu que eu lecionava na universidade. Sem coragem de me interpelar, incluiu-me em seu estudo. Dava muito valor ao tema, ele mesmo um impossibilitado.

Ou

Uma estudante geniosa e genial, que após ter dedicado um par de anos de sua juventude ao tema, achou-o inócuo, perda de tempo, e foi morar em Mauá: criaria cogumelos e ponto final.

Ou

Um médico fisiatra, autodidata em filosofia, especulador, mas não corajoso o suficiente para publicar o manuscrito e se expor. Um homem cirúrgico.

Ou

Um farsante. O envelope, apesar de seu volume, estaria vazio, apenas com folhas em branco.

A presença da obra, ainda que imaculada, era um acontecimento. Aquilo que não havia, acontecia. E logo em seguida, alguém bateu.

Antes de abrir, escondi o pacote na estante e coloquei-a entre dois anuários que me eram caros. O primeiro era dedicado às ausências, onde anotei, em ordem de urgência, as perdas que me marcaram. Na letra A lembro que sublinhei o Avô e o Apagador de minha primeira sala de aula. A partir daí o alfabeto foi preenchido. No segundo anuário, dediquei-me às conquistas, uma colagem de afetos e quinquilharias: flores secas, bilhetes e anotações, algumas sementes ainda encapsuladas e o cardápio do meu restaurante favorito. Nesse anuário, não havia lugares marcados.

O tempo passou, não percebi. Uma discussão boba na academia me fez perder a razão. Ao ser exonerado, perdi o direito à casa onde vivia. Ao preparar a mudança, descobri que no ato de rasgar papéis estão contidos o prazer e a tristeza, que nasceram do mesmo embrião. Gostei da reflexão, pensei em anotá-la no anuário, mas me dei conta que em breve ele seria incinerado.

A tarefa me deu fome e decidi caminhar até meu restaurante favorito, mas ele se encontrava fechado. Foi aí que um incidente incitante aconteceu. Ainda com as cadeiras viradas em cima da mesa, uma bela moça de cabelos revoltos sorriu me convidando a entrar. Não havia cardápio, apenas um prato, risoto de cogumelos.

Revelou que havia abandonado os estudos e que ela mesma cultivava e colhia os fungos no bosque. Uma chance em mil? Talvez, mas apostei. Tentei explicar em poucas palavras o que havia acontecido desde a chegada da obra, mas ela parecia não compreender. Disse que não me conhecia, eu disse que não era importante, e que esta era a fagulha que reafirmava nosso encontro. Na impossibilidade como questão fundamental. Talvez tenha sido enfático demais e fui retirado do local antes que pudesse me defender.

Por conta do incidente, tive uma queda de pressão. O médico que me atendeu procurava razão onde não havia razão, e disse que a vida ia ficando cada vez mais dura perto do topo. Foi apenas um mal-estar, eu insisti. Sacudi o pó das roupas e o deixei falando sozinho.

Ao chegar em casa, fui direto para a estante e descobri que a cola havia se rompido. Reconheci a letra no manuscrito, como não havia pensado nisso? Eu era então uma possibilidade possível. Gostava de escrever. O fato de ninguém acreditar em mim não era importante. A busca, sim. Ponto final.

Saturno não cessa de devorar os filhos que gera.

Estou pronto para a mudança. Levo comigo apenas as impossibilidades. Ela será o filho que nunca terei, mas que vou devorar. Os anuários foram devidamente incendiados. E a obra permanecerá intacta.

A loja de turbantes

Eu cato papel, mas não gosto, então eu penso, faz de conta que estou sonhando.
CAROLINA DE JESUS

É possível que toda a história do mundo tenha sido mal compreendida?

Se foi assim que aconteceu, então vamos recolocar tudo em seu devido lugar, deixando um espaço para a sombra e para a tristeza também. Pois sem ela não há homem nem mulher nem pássaro nem junco que resistam.

Somos feitos de alternâncias inconstantes. Que respiram e se deslocam para depois novamente se acomodar. Seguimos.

Nossa condição não é apenas permanecer. Nossa condição é não esquecer. Deixar gravado onde for.

Porque passamos por aqui, porque sofremos.

Pedra, papel ou relógio.

A atual mudança climática é a primeira a ser causada por um animal e não por um evento natural. Evoluímos três passos para trás, deixando um rastro de inquietudes e destruição.

E, no entanto, tudo está vivo.

Ao nosso redor, apenas uma fina camada de ar nos protege. E nos conecta com o passado e com o futuro. A questão é coletiva e está na ponta dos dedos de cada um. No polegar opositor.

Mas a menina que acaba de chegar no parque tem apenas três anos. Corre em torno do lago, quer o balanço e também o picolé. Desvia minhas perguntas para outro lugar. Sua curiosidade é incontrolável.

Em minhas lembranças, tudo tem o tamanho errado: o armário de louças com as xícaras polonesas, a casa do vizinho, coberta de era, sem vivalma, a pedreira abandonada e a loja de turbantes da minha tia, a que tinha a língua ferina igual à minha, como dizia minha mãe.

Mas a menina, ela gosta de coisas que nunca experimentou. As gavetas ainda não são gavetas. Ela não se interessa por letras, e sim pelas formas, e suas frases curtas indicam com firmeza aonde quer chegar. O que lhe provoca uma sensação de conforto.

À noite, a menina sonha sozinha e atravessa dois mundos ou até mais sem a ajuda de ninguém, pois não tem hora marcada.

Ela vive exatamente o presente.

Enquanto eu sou esse alguém que olha de fora.

Olha e não vê, pois algumas lembranças descosturadas se interpõem no caminho. Viajo em angústias alheias, mas que ocupam um espaço imenso entre a manhã e o anoitecer.

Meu entendimento da vida sempre foi diferente. Por isso, os turbantes da minha tia flutuam até hoje num espaço difícil de mesurar.

Os lugares que mais gostei já não estão mais lá, o colégio onde o assoalho rangia, o chão de terra batida onde voava de bicicleta e o mezanino da loja de turbantes onde me escondia apenas para olhar.

Sigo vagando na terra de passados inexatos. Não importa. Ainda escrevo, pois não há vida sem movimento. Posso continuar vivendo vidas imaginárias.

O melhor a fazer é amar alguém que vive e ainda tem uma longa estrada a percorrer.

É o que penso, enquanto aguardo a menina retornar ao jardim.

A ampulheta

Que eu descubra os sete compradores de meus sete exemplares, pois eles serão os sete candelabros de ouro com que iluminarei meu mundo.
THOMAS LOVE PEACOCK

Quem é capaz de ler uma frase é capaz de ler todas. Isso me fez refletir: se levar para o túmulo o processo, de que adiantou? Por outro lado, não é fácil compartilhar o fruto do meu trabalho, que nomeei temporariamente de "Sibila intravenosa" onde tenho o costume de abordar vários assuntos simultaneamente. Por fora bela viola. Porém.

Uma das dificuldades que posso apontar é que não conhecemos nosso corpo por dentro. Seu funcionamento continua sendo um mistério, apesar dos avanços da pesquisa científica. Não conseguimos ver o conjunto. A medicina é segmentada. Uma prova? Não se entende as letras dos médicos. É difícil pronunciar metacarpo, tenho medo de íngua, colonoscopia e duodeno inflamado. E também ocorrências autoimunes como o lúpus, que até pouco tempo pensei ser uma flor.

Algumas regras se impõem, mas cada frase tem suas limitações. Josef k., por exemplo. Logo nas primeiras linhas é acusado de suborno, mas não existem provas contra ele. E ainda assim, as frases acusatórias se estendem, formando camadas no processo que não parecia verdadeiro, mas se tornou. E provocou sua morte, colocando um ponto final numa sequência absurda de acontecimentos que tiveram início na manhã em que ele completou trinta anos.

Não querendo negar os fatos, descobri uma nova linha de investigação. Tudo o que podemos imaginar constitui algum tipo de verdade. Porém.

Ao acordar, tenho tido alguns lapsos, um breve esquecimento de quem sou e onde estou. Dura apenas alguns segundos, mas são significativos. Talvez as sinapses, ou os neurônios, por algum motivo que desconheço, estejam mais lentos, decorrência do desgaste natural. E com isso voltamos à questão inicial.

Não conhecemos nosso corpo por dentro. Não entendemos em que alfabeto ele foi inscrito. Ao mesmo tempo, os estímulos externos são cada vez maiores, podendo ser desproporcionais e extenuantes.

E se? Nesse momento, desse breve esquecimento, eu me tornasse uma Sibila?

As Sibilas eram mulheres que falavam por enigmas, palavras inspiradas pelos deuses e que os humanos deveriam decifrar. Suas profecias eram tidas como verdadeiras na Grécia, em Roma e até na Palestina.

Herófila, a mais antiga e mais venerada das Sibilas, foi quem profetizou a Guerra de Troia. Como recompensa, Apolo lhe ofereceu qualquer presente que quisesse. Herófila então pediu tantos anos de vida quantos os grãos de areia que segurava nas mãos. Mas ela se esqueceu de pedir a juventude eterna e por isso envelheceu para sempre.

Melhor não. Melhor acordar, preparar um bom café, dar um osso para o cachorro do vizinho e me ocupar. Reler do começo ao fim a enciclopédia favorita, registrar numa folha em branco alguns verbetes, tentar decifrar a letra do médico e em seguida estudar os trinta e oito florais de Bach. Afinal, uma foto é considerada uma prova num tribunal, mas o passado pode ser imprevisível.

O laço de fita

Aqui, exatamente aqui, poderia estar alguém escrevendo em meu lugar.

Duvido que você adivinhe de onde vêm tantas ideias? Provocou a menina. E não finja que não me ouve, não saio daqui enquanto você não responder. Cuidado, pois sou capaz de fazer uma loucura. Disse a menina em tom desafiador.

Assustado, ele respondeu:

E o que você faria?

Que tal eu entrar dentro do seu pensamento? E riu.

Desarmado, ele resolveu relaxar. Havia perdido o hábito da conversa. Não trabalhava com diálogos, e sim com tratados. Escreveu sobre a fome, sobre a opulência, sobre o peso dos objetos, sobre a tortura em alguns animais, sobre o gás hélio, sobre a torta de cebolas, sobre nichos abandonados nas paredes onde nasceram pássaros, sobre as fórmulas estruturais na cadeia de carbono, sobre as hipóteses florais de cada estação do ano, mas diálogo que é bom, nada.

Usava um vestido azul que combinava com a fita nos cabelos. Era também impertinente e queria falar. Ela era o diabo com um sorriso encantador.

Estou aqui a juntar a memória das coisas. Pode me ajudar?

Vou te explicar: A forma é a memória da matéria: corta e cola, corta e cola, e você vai chegar lá. Agora é sua vez de me perguntar. Vai, tenta, não vai doer, ela disse, balançando as pernas no ar.

E não é que funcionou? Deixou de lado os tratados e lembrou-se de quando aprendeu a nadar, lembrou-se do vácuo, do oxigênio, peito cheio, peito vazio, lembrou-se da respiração. Dos dedos enrugados, do espanto de flutuar, de quando tinha a mesma idade da menina.

Cortou e colou.

As lembranças perfuradas trouxeram instruções para o despertar: A torta de cebola era o prato favorito da avó, o passarinho, ele pegou com a mão, a fórmula dos átomos foi o primeiro protótipo que construiu. Cresceu e encolheu novamente até chegar ao tamanho ideal e quase não ocupava espaço. Era apenas uma linha que dava voltas, fazia curvas e se esticava até desaparecer. Era puro oxigênio em contato com o ar.

Tão envolvido que estava, não percebeu as primeiras gotas de chuva que teimaram em cair justo naquele momento.

Foi então que disparou a perguntar: Você sabe onde termina um fragmento? Qual o gosto do açúcar mais doce? Por que escolhemos esta ou aquela investigação? Como os cílios crescem? E quando param de crescer? O vestígio, o que é? Meu cérebro é uma máquina de hábitos? Palavras sem significado têm algum significado? Nada nasce do nada? E depois? O que vem?

Pensou em anotar as perguntas num novo tratado, para não esquecer, mas concluiu que não faria sentido, pois depois de anotadas, elas seriam lidas por outra pessoa, e aí...

Envolvido nas perguntas, não sentiu quando a chuva apertou. Sorriu de sua própria bravura, queria só ver o que ela ia dizer de tudo isso.

Mas ela não estava mais lá.

No chão, agora molhado, apenas o laço de fita desalinhado.

Que nem era azul, era amarelo.

E ela?

Onde estaria a menina que sumiu?

Ela?

Ela sou eu.

Vivaldi

Glifos silábicos sumérios

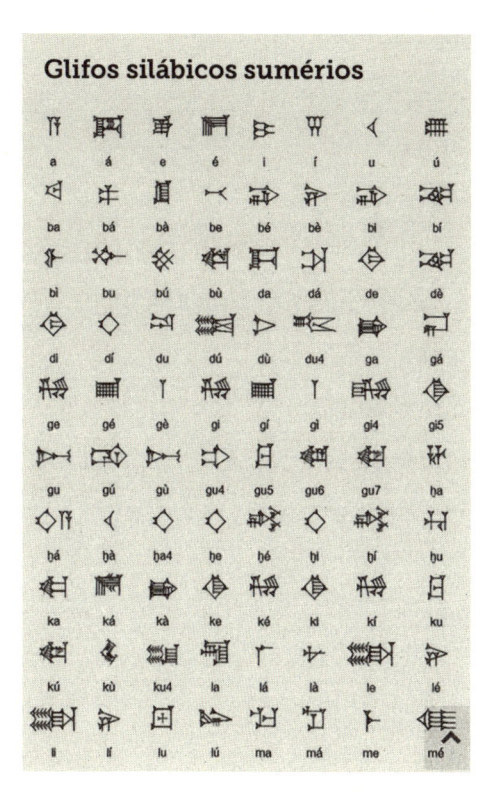

Vivaldi

Eu vi, logo ali, um trem passando na terceira pessoa, sem maquinista. Vou atrás.

Verão

Tomarei cicuta se mentir novamente.

Tomarei um ácido

Se desobedecer outra vez.

Tomarei juízo

Não tomarei

E não vou colher estas flores

Prefiro que morram naturalmente.

Outono

Derrubaram a casa dos três porquinhos

por essa ninguém esperava.

Quem podia imaginar que o certo não tinha razão?

Outono é a época de separação.

As folhas caem formando um colchão.

Bebemos todo esse vinho e ainda assim você saiu porta afora.

Prático, o porquinho, mandou avisar que vai reconstruir

Tijolo por tijolo.

Ele sempre recomeça do zero.

Inverno

Estava aqui, não está mais. Tudo roubado

desde a primeira linha.

Já vivi esta casa em várias versões diferentes.

É a mesma casa e não é.

Estou tentando escrever redondo

sem pontas afiadas,

sem acelerador.

Apenas uma tragada e um desenho na fumaça.

Escada flor

Primavera

Suméria. Sul da Mesopotâmia. 3000 a.C.

O carvão, a cunha, o dente de sabre

todos formaram palavras.

O alfabeto cuneiforme finalmente ganha corpo

Até desaparecer.

Vou fugir desta louca que me persegue

Diz que escreve para sobreviver.

Dizem que sequestrou a terceira pessoa

Fala uma língua que ninguém entende.

A quem ela quer enganar?

Só eu que escuto esse violino insuportável tocar? Perguntou a testemunha, antes de sumir no canto da margem.

Calendário

"Ele não viu a poça de óleo no asfalto?" Foi o que lhe perguntaram enquanto a examinavam. Ela chegou à emergência com um corte profundo na testa e o braço direito quebrado na altura do cotovelo. "Deu sorte", "o carro acabou", ela ouviu antes de ser levada para suturar a ferida. "Tem que manter o braço esticado, sem dobrar. Não é fácil, mas você se acostuma", disse a enfermeira. E ele? Para onde o levaram?

"Amor, se segura!" Foi o que ele disse antes de derrapar. Mas como se segurar, se o óleo viscoso interrompeu os melhores planos de sua vida? A casa antiga como ela queria, numa rua silenciosa, finalmente um jardim, pequeno, mas suficiente. Afinal, nunca foi de pedir muito.

O óleo derramado no asfalto agora chia na frigideira "você precisa comer alguma coisa", diz a irmã, enquanto prepara as batatas polvilhadas com alecrim. "Posso te ajudar a organizar a bagunça", ela diz, enquanto repara nas caixas ainda fechadas que ela trouxe na mudança.

A campainha insistente a desperta de um sono agitado. As últimas compras da marcenaria são entregues. "Precisa montar", diz o funcionário e se oferece para fazer o serviço. Ela recusa, ele deixa um cartão. Antes de ir embora, ele conserta a porta emperrada, guarda as ferramentas na caixa e elogia o café que ela preparou enquanto ele trabalhava.

Compraram a casa no verão. "Nunca vou trocar madeira por alumínio, nem por cima do meu cadáver" ela disse e eles riram, enquanto faziam planos, comemorando, já com a escritura assinada.

"A madeira trabalha com o tempo e emperra. É quase impossível encontrar o mesmo material original", ouve desapontada, nas lojas de construção. O frio passa a entrar pelas frestas. Ela abraça o próprio corpo, cobre os pés com o cobertor, enquanto sente a barriga crescer.

Esconde as caixas que estão na sala quando a mãe vem visitar. O armário do lado dele permanece vazio. "Não preciso de nada", repete pelo menos três vezes, até que a mãe se exalta e diz que ela está sendo muito egoísta. "A vida segue", diz a mãe, pois não encontrou nada melhor para dizer.

Ao sentir as contrações, está só, mas não se assusta. "Virá em boa hora" dizia a avó e então ela lembra da casa com quintal, do balanço, das batatas fumegantes divididas entre as crianças e se dá conta que essa casa esperava por ela.

Já com a mala pronta, chama um táxi e liga para o homem do cartão. Pede que venha montar o berço. Está na caixa, ela diz. A chave, ele vai encontrar debaixo do vaso de alecrim.

Ela dá o endereço e eles partem. Pela janela, vislumbra o contorno da casa, as janelas, que ela mesma encerou, se destacando no sol, até que o motorista dobra a esquina e entra na avenida principal. O bebê se movimenta em sua barriga pontuda e esse movimento cheio de vida a tranquiliza. Em breve estarão de volta, ela e a criança. Está segura: não vai trocar a madeira pelo alumínio.

A virtude da ignorância

Se um homem atravessasse o paraíso em um sonho e lhe dessem uma flor como prova de que havia estado ali, e se ao despertar encontrasse essa flor em sua mão. Então o quê?
S. T. COLERIDGE

Seria o sonho um gênero literário? Foi o que me perguntei ao acordar. Tenho outras preocupações e não vivo de devaneios. Corto lenha todos os dias, empilho, nomeio, gosto de classificar.

Meu sono é pesado, e se, porventura, o sonho que estou sonhando chega a me incomodar eu o interrompo no ato. Coleto material para pesquisas aleatórias. Pagando bem, que mal tem?

Fiz breves anotações sobre a quimera. Reservei numa pasta, pois a fera me atormentava. Ouvi dizer que uma criatura dessas foi criada num laboratório. Achei uma provocação.

A quimera é um ser híbrido, com três cabeças: uma de leão, uma de cabra e uma de dragão, podendo eventualmente lançar fogo pelas narinas. Mas existem variações. Poderia ter duas asas, ligadas ao corpo de leão. Ou cabeça de leão, corpo de cabra e um rabo de serpente.

Descobri que Belerofonte, um dos filhos de Poseidon, com a ajuda de Atena e da rédea de ouro, domou Pegasus, o cavalo alado e matou a quimera com um golpe só.

É raro em seres humanos, mas não impossível. Lydia Fairchild foi submetida a um teste de DNA para comprovar a maternidade dos filhos e o resultado foi negativo. Ela passou então por uma série de exames até que os médicos descobriram que Lydia, ainda no estado de embrião, tinha absorvido sua irmã gêmea em suas células, tornando-se uma quimera. Que é também um peixe cartilaginoso que vive em águas profundas, classificado na mesma família que os tubarões-fantasmas.

Os sonhos, eu anotei, são uma estrada para o inconsciente.

Mas como se chega lá?

Lydia sonhou um dia que tinha uma irmã e acordou sendo ela.

As duas irmãs nunca ficaram juntas, mas nunca se separaram.

Sigo fazendo perguntas.

Cavando.

Afinal, são pesquisas.

Vão durar uma vida. E a vida não basta.

A quimera que encontrei é um substantivo feminino do sonho resultado da imaginação que tende a não se realizar.

Na ignorância, encontrei a quimera

E pela primeira vez me deixei levar.

Então quem sonha, quem sonha existe.

Foi o que concluí

Por enquanto.

Pois o que é importante, acontece antes.

Encontro

Há muito tempo ele deixou cair uma caixa. Ela pegou e logo em seguida esqueceu-se de colocar no correio uma carta. E mesmo assim esperou uma resposta, uma linha, um sinal idiota qualquer. Ele se mudou para Paris, ela, de apartamento.

Ele ficou famoso, tomou um calmante, assentou. Ela correu atrás dele, em vão, ele havia se mudado outra vez e, por ora, não havia nada a fazer.

Envelheceram.

E mesmo assim, viviam voltando para o mesmo ponto: o encontro. Sempre perdidos, chegaram a marcar, mas nunca foram. Um porque tinha medo, e o outro porque pensava ser tarde demais para mudar.

Mesmo sem se cruzar, brigavam. Brigavam por tudo, por nada. Brigavam na luz do dia, no escuro, com as sombras. Apenas para não deixar escapar o fio que os unia.

Bwerani

Ainda na dúvida se tomava um sal de frutas ou um bloody mary para rebater a ressaca, apoiada na nova bancada de aço inoxidável que acabara de trocar na reforma do apartamento, o interfone tocou. "Hora errada", pensou, enquanto pegava a vodca no congelador. Lembrava-se muito pouco da noite passada, mas a sala desarrumada e um vaso caro quebrado eram indícios de que haviam passado dos limites. O kilim recém-adquirido num leilão revelava uma mancha escura no canto esquerdo. A aquarela de Matisse teve sua moldura partida e o vidro estilhaçado, mas a tela parecia intacta. O primeiro gole foi difícil, colocou mais sal e sentiu uma ardência percorrer a garganta arranhada. A parte interna da boca estava inchada, havia um corte, que iria doer bastante quando estivesse sóbria.

Ouviu a campainha tocar mais uma vez, e ignorou. A água iria lhe fazer bem, pensou. Enquanto se despia, descobriu o dedo indicador inchado. O primeiro jato fez seu corpo tremer e despertou algumas lembranças. Alguém disputando a posse de uma chave. César. Estavam trancados. Então ela lembrou...

Foi a pior ideia que você poderia ter tido, ele berrava. Você vai destruir tudo apenas por orgulho? Quer que eu implore? perguntou. E eu repetia que sim. Mesmo com o dedo doendo, o desespero dele me fazia feliz. Eufórica até. Mas por que eu o havia trancado junto comigo?

Saí do banho sem as respostas. César, um homem educado, discreto, firme nas decisões, calculista e meticuloso nas atitudes, sabia meu CPF, o número da minha conta bancária, o segredo do cofre e os depósitos no exterior. Sabia também das trapaças financeiras do meu pai, que me deixaram uma pequena fortuna. César era também meu amante. Mas não apenas.

Ao abrir a porta do banheiro, ainda confusa com as frases recém-descobertas ecoando, dei de cara com Alda, muito assustada. "O que foi, Alda? Se for por causa da bagunça..." Alda apenas me encarava, visivelmente abalada, e demorou alguns instantes para falar.

Tem um homem no sofá, um negro, a pele dele brilha, tem pra dois de altura.

E quem o deixou entrar? perguntei.

Fui eu, Dona Ana. Pela hora, achei que eram as compras.

E o que ele quer?

Ele falou que é seu filho, ela afirmou, atônita. E eu não fico mais aqui nem por todo dinheiro do mundo, disse antes de sair.

"Bwerani." Bwerani? Ele corrigiu meu acento e repetiu seu nome algumas vezes. Em seguida, mostrou uma foto nossa em sua vila, nos meus braços, dezessete anos atrás. Lembrei-me da viagem. "Fomos caçar", sussurrei. "Madame caçou Bwerani, agora lembra?" Ele sorriu, arrastando as palavras com algum esforço e o sotaque acentuado. Mostrou a dedicatória que eu havia feito. Era minha letra, sem dúvida alguma, e os corações irregulares e afetados, que eu rabiscava em todo lugar. Bwerani me contou que sua avó, que o criou, morrera de tifo no ano passado, uma praga que se alastrou por toda a aldeia, praticamente dizimada. Ele escapou, mas ficou perambulando, comendo restos de animais mortos que encontrou pelo caminho. E logo em seguida o exército rebelde o aprisionou. Seu relato era entremeado de expressões que eu não entendia, provavelmente sua língua natal, mas ele se esforçava. Havia aprendido o português com vizinhos de sua avó, que eram de Angola.

Com a cabeça latejando, eu tentava me lembrar da noite passada. Durante o longo relato de Bwerani, o celular tocou algumas vezes. Era César. Não atendi, mas ele insistiu e continuou chamando. No visor, uma foto sua descendo numa canoa de rafting, nossa última viagem à Costa Rica, inesquecível. Bwerani me olhava intrigado, até que perguntou se eu não preferia atender. Levantei a contragosto, com o telefone nas mãos, e só então me dei conta da mala. Tudo indicava que vinha para ficar. Pedi licença e fui até a janela. César me perguntou se eu já havia me acalmado. Queria saber também se eu encontrara meu passaporte, se havia separado o dinheiro do cofre, conforme sua orientação. Respondi que não estava com planos de viajar. Ele riu, sarcástico, e insinuou que eu devia ter, então, um plano melhor.

Você poderia colocar fogo no apartamento, sugeriu. As obras de arte estão no seguro.

Nada do que ele falava fazia sentido. Enquanto eu discutia com César, Bwerani folheava uma Marie Claire, e não pude deixar de notar seus olhos brilharem quando ele se deparou com o anúncio de uma torta de morangos coberta com chantili. Provavelmente tinha fome. César, alterado, perguntou pela empregada, eu não deveria deixá-la entrar em hipótese alguma: queria saber qual era meu plano. Eu não podia continuar parada, insistiu. Foi quando me dei conta de que a parede onde ficava o Picasso estava vazia. Me faltou o ar. César afirmou que não sabia do paradeiro do quadro, mas tinha certeza de que o havia visto na parede na noite passada. Desligou apressado dizendo que entraria em contato mais tarde.

Bwerani, agora na janela, observava o mar. Perguntei se tinha fome, ele baixou os olhos ao responder: nem lembrava quando tinha sido sua última refeição. Imediatamente pensei em chamar Alda para lhe servir algo, mas me lembrei de sua saída abrupta. "Um café ia nos fazer bem", eu disse, tentando extrair gentileza nas minhas palavras, em vão. Emendei perguntando se na África tomavam muito café ou se preferiam o chá. Na cozinha, Bwarani cheirava as frutas, curioso, e se ofereceu para ajudar. Eu declinei, embora não soubesse onde estava o pão, o queijo, a faca. Esse era o trabalho de Alda, mas ela ultimamente andava descontrolada. Ao procurar a cafeteira, encontrei apenas um coador de pano imundo, que me deixou nauseada. Então era assim que ela preparava o meu café? Deve ter quebrado a Bialetti italiana e a substituiu por aquele trapo. Escolhi um chá detox indiano. Mal não ia fazer. O café tomaríamos na rua quando levasse Bwerani para dar uma volta. Onde eu poderia encontrar um abrigo para negros órfãos e foragidos, de preferência na Zona Sul? Meu marido poderia ajudar. Afinal, essa compra nós havíamos feito juntos.

Em algum lugar eu tinha uma foto de Bwerani com dois ou três anos, já um bebê robusto, provavelmente no colo da avó, usando uma roupinha de algum time de futebol. Lembro que mostrei para algumas amigas num evento beneficente. Enquanto o pão descongelava, encontrei o único frio disponível na geladeira, embrulhado num pano de prato encardido. Então era assim que Alda guardava o pata negra espanhol? A carne vermelha, escura, com as nervuras brancas da gordura expostas irregularmente me deram calafrio. Melhor servir apenas frutas, pensei. Ao virar, me deparei com Bwerani segurando uma faca afiada entre as mãos, fazendo um risco no ar.

Por que a senhora nunca respondeu as cartas de Bwerani?

Era só o que faltava: o ressentimento de Bwerani pelos anos

perdidos. Respirei fundo, olhei firme nos seus olhos. Precisava escolher bem as palavras.

Mas eu te mandava cheques, não mandava? Sua avó não recebia nossa *Action Aid* todo mês? Devo ter os recibos em algum lugar... Bwerani seguia me fitando. A faca rodopiava em suas mãos. Precisava ser rápida e controlar a situação. "O cheque, Bwerani, era uma forma de amor. Você consegue entender?" "E as cartas?" Ele insistiu. "As cartas eu nunca vi. Juro. Talvez meu marido as tenha guardado. Deve ter ficado com ele. É um homem muito ocupado, mas falava sempre de você", afirmei, esperando que minhas mentiras soassem como verdades. "Eu é que sou muito avoada." E desandei a falar: "Não parece, mas minha vida não é fácil, vivo sob muita pressão." Bwerani não sabia o que era pressão, tive que explicar com metáforas, mas nunca fui boa em comparações. Deve tê-lo cansado e com isso consegui uma trégua.

Comemos em silêncio, até que ele perguntou onde estava meu marido. Queria ver o pai e disse que precisávamos ter uma conversa, nós três. O telefone tocou novamente. Bwerani quis saber se César era seu pai. Eu ri. Bwerani não entendeu a ironia. Ele parecia mais calmo, eu não. A faca estava agora pousada sobre a mesa, mas ainda oferecia perigo. Talvez tenha sido o efeito do detox, minhas ideias começaram a clarear. Perguntei a Bwerani sobre sua tribo, seus ancestrais. Que histórias ele poderia me contar? Ele ignorou a pergunta, insistindo que agora só tinha a mim. Tentei mais uma vez. Sua avó deve ter lhe falado, de onde vocês vieram?

— Do Norte. — Ele fisgou a isca.

Bwerani descendia de uma tribo guerreira, "que mata sem dó", afirmou, e em seguida começou a entoar um canto. Entusiasmado, ele tirou a camisa e iniciou uma dança, repetindo palavras que eu não entendia. Seu corpo era lindo e todo traçado. E as cicatrizes testemunhavam o que eu não queria saber.

Minha tribo come gente, ele me disse, quase com doçura na voz. Come a carne e também o espírito.

Acordei no sofá, sob o olhar piedoso de Bwerani.

A senhora escorregou nos meus braços. Não precisa ter medo. Bwerani não quer machucar ninguém.

Ainda me recuperando do susto, vi Bwerani sumir pelo corredor. Disquei rapidamente, mas César não atendeu. E Bwerani retornou com um corpo nos braços. Meu marido.

Morto? Eu tremia enquanto aguardava uma explicação. "Já estava assim quando entrei. Tem uma poça de sangue no chão." Os braços fortes de Bwerani o envolviam com muito cuidado. "Era meu pai?" Indagou. Seu sofrimento parecia genuíno, mas há quanto tempo eu estava ali? Será que foi para isso que Bwerani atravessou o continente? Para matar o pai? Se ao menos César atendesse o telefone. Agora, sim, eu precisava de um plano. "Vocês discutiram? Foi legítima defesa? Ele te atacou primeiro?" Tentei ser suave, mas minha voz denunciava o medo. Ele já estava no chão quando eu entrei, afirmou Bwerani. "Como é que eu posso saber se é verdade? Eu não te conheço, Bwerani." Devia ter sido mais cuidadosa. O olhar de Bwerani dizia tudo. Eu seria a próxima.

"O que aconteceu ontem à noite?" Ele perguntou enquanto pousava gentilmente o corpo no chão. Eu lhe contei... mostrei a unha quebrada, falei do vaso, do quadro desaparecido, da discussão. "Vocês lutaram? Você matou meu pai?" "Não me lembro de nada, por favor, me ajude..."

E foi assim que Bwerani começou a cozinhar. Eu disse que preferia não assistir e me retirei. Mas o cheiro forte impregnava todo o ambiente. Me dediquei a limpar a poça de sangue, acabar com todos os vestígios. Se César ligasse, eu poderia dizer que tinha um plano e tudo voltaria a ser como antes.

Enquanto esfregava o chão, Alda apareceu, trazendo o Picasso de volta. Ainda sem entender o que estava acontecendo, ela pousou o quadro ao meu lado enquanto confessava: "Não consegui dormir. Foi Seu César que me pediu pra eu levar o quadro pra casa. Ele sempre foi bom pra mim, muito melhor que a senhora, mas eu não consigo roubar." E saiu, não sem antes me avisar: "Dona Ana, acho que tem alguma coisa podre queimando nas panelas. Mas desta vez eu não vou limpar a sujeira "Me diga ao menos onde ficam os temperos", eu implorei, em vão.

Bwerani trabalhava com afinco na cozinha, concentrado, se sentindo dono da situação. Era uma questão de tempo. Tudo ia se resolver. Fui preparar outra bebida quando a campainha tocou. Impedi César de entrar. Parado na porta, sem entender. Eu disse que o momento não era adequado. Ele insistiu, discutimos, e, através do seu ressentimento, eu podia vislumbrar algumas imagens da noite passada. Transtornado, ele me acusou: "tudo isso porque você chegou antes da hora. Mas matar por ciúmes? Por alguém que sempre desprezou?"

Demorei alguns instantes para entender. "Fui eu?" Perguntei ainda parada na porta. "Claro", ele replicou, "e se você ainda não deu um jeito no seu problema... eu não vou poder ajudar. Só vim buscar a minha carteira, devo ter deixado... em algum lugar", disse tentando forçar sua entrada. Não precisou, pois um braço forte o puxou para dentro, com vigor. Bwerani, quase dois metros de altura, veio por trás, os dentes à mostra, cantarolando.

Está quase pronto o papai. Vamos precisar de mais panelas — ele avisou.

Foi então que os apresentei:

César, quero que você conheça meu filho, Bwerani.

Asas

Às vezes tenho a impressão de surgir daquilo que escrevi, como uma serpente surge da sua pele.
E. VILA-MATAS

Você acorda sem saber onde está. Fecha os olhos e tenta imaginar como seria acordar em sua casa. A cama de mogno em que costuma dormir tem a cabeceira alta e a cor da madeira esquenta o ambiente. A colcha, você trouxe de uma viagem para o interior de Minas, onde as bordadeiras teceram as flores e as borboletas que você escolheu. Esperou uma semana na suíte do hotel até a colcha ficar pronta. Um capricho que lhe custou caro, pois faltou a compromissos sem dar satisfação a ninguém.

Ao abrir novamente os olhos, você descobre que a cama onde dormiu não tem cabeceira e você está coberta apenas com um lençol. Olha para o lado e se depara com o que deve ter sido sua última loucura.

Você sente a ressaca e sente no corpo os efeitos da noite anterior. O fígado reage, a cabeça lateja. Lembra vagamente de pedir sua bebida sem gelo. A quem você queria impressionar?

Ao sair, você vê o dia nascer. Enquanto caminha, lembra-se dos elogios que ecoam em sua mente e tem um efeito reverso. Quanto mais elogiam, menos você acredita. Você faz o que faz porque um dia te disseram que o trabalho dignifica, dá sentido à vida, ocupa o tempo, acalma sua ira e te afasta dos maus pensamentos.

Você chama um táxi, mas não quer voltar para casa, não nesse estado. Algo te diz que hoje é um dia importante e que você não deveria ter pisado na bola outra vez.

No caminho para casa, você vai lembrar que hoje é aniversário de sua filha. Ela está fazendo sete anos e pediu de presente uma colcha igual à sua, com borboletas coloridas, mas você se esqueceu de encomendar.

Antes mesmo de entrar em casa, ainda com a chave na mão, você vai sentir um aperto no peito e a ira, numa luta perdida, pois é você contra você, não há mais ninguém. A raiva vai ofuscar sua retina, junto com a claridade do dia que incomoda. Você vai ficar magoada, mas não há nada a fazer, afinal, sua filha, que ainda não acordou, faz sete anos e queria apenas ganhar uma colcha igual à sua, para usar nos fins de semana, uma vez ao mês, como determinou o juiz. No último encontro, você prometeu buscar a colcha voando nas asas da borboleta e ela riu e é isso que ela espera. Mas agora não há tempo. Falta buscar o bolo também.

Maria-sem-vergonha

A casa

Não tive filhos nem me casei. Mas nem por isso a vida deixou de passar. No meu apartamento, com vista parcial para o verde, cultivo begônias e vejo crescer, enroscando-se nas pedras, um recanto de maria-sem-vergonha que floresce o ano inteiro. Fiz uma pequena reforma, coisa à toa, mudei os móveis de lugar e posicionei minha cama para que ficasse defronte a essas pedras. É assim que durmo e acordo.

O apartamento em que vivo pertencia à minha avó. Passei grande parte da infância atravessando esses corredores, escondendo-me no armário da despensa, principalmente quando brincava com meu irmão, dois anos mais velho que eu, que parecia um menino saudável, até que apresentou os primeiros sintomas de uma doença rara. Naquela época, não era possível explicar a uma criança o que significava uma doença degenerativa. Só ouvia sussurros, que misturavam palavras de vocabulário médico com indagações que fugiam à minha compreensão. O rosto da minha mãe se encheu de sulcos. Meu pai nem tanto. Era forte, distante, indecifrável. Posso dizer que sofri o suficiente para uma menina de dez anos que perde um irmão. Era uma tristeza assustada e inexplicável, sem muitas perguntas. Assuntos como esse não rendiam mais do que dois parágrafos curtos, sempre entremeados com pedidos de clemência e ditos com olhos baixos e temerosos. Mas isso passou. Nem me dói falar. Em pouco tempo me acostumei a dizer que era filha única, o que me dava um grande prazer.

O tio

Nem tudo foi luto nessa época de dor. O irmão mais novo do meu pai vivia em nossa casa nossa casa e nos acompanhou em inúmeras viagens enquanto eles tentavam um milagre ou uma cura que salvasse meu irmão. Ele também era forte e indecifrável como o pai, mas aos poucos tornou-se cada vez mais presente na minha vida, nos meus pensamentos e principalmente quando ficávamos a sós. Inventava brincadeiras quando me via quieta, fechava meus olhos e eu tinha que adivinhar. Embora desajeitado, gostava de pentear meus cabelos. Foi ele que me ensinou as primeiras noções de matemática; e eu contava os números um a um, nos seus dedos grossos e nodosos. Aprendi outras coisas também...

A Remington

Como a falar a verdade na hora certa, mesmo que não fosse conveniente. Desde cedo descobri que princípios rígidos e objetivos claros me tornavam mais segura. Ainda era criança, mas queria deixar de ser o mais rápido possível. Por conta dos princípios, e por ter entrado casualmente na sala dos professores numa hora inadequada, flagrei uma cena constrangedora. Demorei a entender que aquela mulher deitada em cima da mesa, numa posição que parecia muito desconfortável, com as pernas abertas e a cabeça pendendo para trás, era Madame Clessi, que todas as terças e quintas tentava nos ensinar o alfabeto em francês – para mim, uma língua morta. E por cima dela, suando muito, vislumbrei o professor de matemática, que por acaso também era meu vizinho de rua. Aquela cena passou a me acompanhar durante muitas horas do dia, prejudicando meu rendimento em sala de aula até que minha mãe foi chamada na escola. A princípio, decidi não falar sobre o ocorrido, mas meu comportamento foi considerado agressivo. Foram tantas as acusações que decidi resolver do meu jeito...

Adorava dedilhar na nova Remington de papai. Cada tecla que apertava me tornava mais segura e dona da história. Escrevi vários bilhetes, com textos curtos e sucintos que fui enviando a todos os destinatários que tinham interesse ou participação no caso, incluindo uma jornalista, amiga de mamãe, que escrevia uma coluna de fofocas num jornal. Para minha decepção, o assunto rendeu apenas uma pequena nota, sem muito destaque, mas ainda assim o caso foi bastante comentado no cabeleireiro que minha mãe frequentava. Madame Clessi passou a ser evitada nos eventos do clube e foi afastada da escola. Teve o casamento adiado, e o noivo, pressionado pela família, foi tentar a sorte numa nova empresa, em Buenos Aires. Para meu alívio, a aula de francês foi temporariamente suspensa do currículo.

As cartas que escrevi para o professor foram as mais bem redigidas. Inventei uma brincadeira e mudava o tom do que narrava conforme a mudança de tempo. Se fazia sol, eu era doce e implorava seu amor, mas se chovia ou ventava, eu ameaçava tomar uma atitude radical. O professor tinha um filho pequeno, muito inteligente, que aos seis anos já sabia ler sem ajuda de ninguém. Deixei algumas cartas com letras grandes e caprichadas em sua lancheira. Eu e o professor nunca nos encontramos pessoalmente, a não ser por aquele fatídico dia, por isso o susto, quando ele apareceu lá em casa, falando num tom de voz acima do normal. Minha mãe pediu que eu subisse imediatamente para o quarto, mas eu não via por que não o enfrentar, afinal, eu é que fora obrigada a assistir. Mas havia algo de estranho nos olhos do professor, e também na sua barba, as pernas pareciam mais curtas, os ombros mais largos, as mãos finas demais.

Entrei no quarto em estado de alerta, revendo a cena com detalhes. Foi então que me dei conta de que não era ele, afinal, o homem por cima da professora de línguas mortas. Eu o havia confundido com o administrador do prédio, que vi de relance algumas vezes, rondando o corredor que dava na sala dos professores, mas eles eram muito parecidos: eram homens, grandes, de gestos enigmáticos, com dedos grossos e nodosos, e as cartas, eu adorei escrevê-las.

Lembranças

Ele tinha apenas dez anos quando viu a seguinte cena: sua irmã Rebeca, seis anos mais velha, conversava no portão com Geraldo, conhecido por todos como o dono da rua. Com a noite muito escura, o céu encoberto e a rua silenciosa, da janela do quarto não era possível ouvir a conversa. Geraldo e Rebeca pareciam felizes, muito próximos. De vez em quando, em meio ao silêncio, a cabeça de Rebeca pendia de um lado para o outro, como se concordasse com os fatos...

Eleomar ouviu os passos do pai subindo as escadas e ouviu a mãe desligar a TV. O cachorro latiu, insistente, até que a porta dos fundos se abriu e o vira-lata instalou-se feliz no seu canto, ao lado do fogão. Todos dormiam, menos Eleomar, que procurava no quarto o travesseiro favorito. A falta de sono levou Eleomar novamente à janela. Geraldo não estava mais lá. Rebeca sozinha dançava em torno do poste, rodopiava...

Mesmo com pouca luz, ele não pôde deixar de notar: havia algo de diferente no rosto dela: talvez o sorriso, o olhar, ou então o jeito firme como pisava, sem se voltar para trás.

Foi a última vez que Eleomar viu a irmã. Ele e toda a família. Geraldo, os vizinhos, o frentista do posto de gasolina e as melhores amigas de Rebeca, todos prestaram depoimento, mas nada foi apurado. O assunto rendeu até meados de dezembro. Falava-se até em sequestro, mas a família nunca recebeu um pedido de resgate. Um vizinho chegou a afirmar que ela havia ido atrás de um rapaz casado, em São Paulo. Outros diziam que ela havia perdido a memória, enlouqueceu, e partiu no primeiro trem.

Na véspera de Natal, todos haviam esquecido Rebeca, menos Eleomar. O pai nunca mais falou no assunto. A mãe transformou o quarto da filha num ateliê de costura, e Geraldo alistou--se na Marinha.

Anos depois, já vivendo em outra casa, em outra cidade, Eleomar, volta e meia, lembrava-se da cor do vestido esvoaçando, a irmã com um sorriso nos lábios, as mãos muito soltas, rodopiando, no meio da madrugada.

África

Enrique Banchs completou este ano suas bodas de prata com o silêncio, revelou Borges, em 1936. Tempos depois, foram encontrados fragmentos de sua história.

Enrique viveu na Costa do Marfim, ou melhor, disse que viveu, deixando escrito apenas seu endereço e a caixa postal. Mas não havia provas de sua passagem por lá. Não querendo se expor em demasiado, a hipótese de Enrique é que, em caso de dúvida, sua passagem seria confirmada por decreto, por isso não se preocupou com detalhes. Mas eram tempos conturbados e os decretos também foram abafados.

Antes de chegar à Costa do Marfim, decidiu explorar outras paisagens. Saiu da montanha onde supostamente nasceu e caminhou até a nascente do rio, onde parou para descansar. Foi nesta pausa, que durou cerca de dez anos, que Enrique aprendeu a ler em outras línguas e a construir cercas. Usou estacas de madeira nobre formando um escudo para sua solidão. Sonhou que se nadasse em linha reta chegaria à África, mas o continente ardia em chamas e ele não quis arriscar. Vagou na terra de passados inexatos e tentou pescar o seu, mas não teve sucesso.

Em suas andanças, encontrou a caverna de Platão. Era esse o nome do cão que o caçou e se tornou seu dono durante uma temporada, que se estendeu. Na companhia de Platão explorou os bosques ao redor, aprendeu a farejar e a erguer as duas patas da frente quando em estado de alerta. E nas noites de lua cheia, uivavam juntos. Quando veio o inverno, usavam a lenha empilhada para se aquecer, queimando apenas o necessário. A sombra da fogueira projetada no fundo da caverna instigava a imaginação de Enrique, que passava as noites desenhando o mundo em sua perfeição, enquanto Platão, que tinha o sono pesado, ressonava ao seu lado.

Encantado com as imagens, Enrique teve uma ideia, daria nome e referência a cada uma delas, quem sabe até mesmo um passado que preenchesse seus contornos vazios? Animado, Enrique dedicou-se ao trabalho e só descansava quando não tinha mais forças, na sombra de uma cadeira que ficava ao lado da sombra de uma cama, que permanecia intacta.

Mas as sombras não eram o que pareciam ser, foi o que concluiu, ao procurar Platão, que sumiu, deixando apenas perguntas, que ele escondeu nas estacas de madeira nobre, temendo uma apropriação indevida de ideias quando não estivesse mais lá.

Enrique, por sua vez, relutava em sair, apegara-se à caverna e aos desenhos que lia em suas paredes lisas e frias. Tentou organizar num caderno as ideias que surgiram e, enquanto escrevia, mudou sua perspectiva.

Enrique entendeu que se ficasse dentro da caverna admirando as sombras estaria sujeito ao erro. Afinal, tudo, em cada minuto que passa, está mudando, pensou. Enquanto escrevo, meu cabelo cresce, as unhas também. Sendo assim, o perfeito é estático, e por isso também imperfeito.

A descoberta o comoveu, dando início às bodas de prata. Enrique, um sujeito pacífico e calado, deixou as cópias de lado, respirou fundo e saiu da caverna, com destino incerto, rumo às silenciosas suposições.

As batatas elétricas

*A história dos homens é apenas um
instante entre dois passos de um caminhante.*
F. KAFKA

A roteirista acordou sem ideias, queria ser qualquer coisa nesse dia, menos roteirista. Sempre achou ridículo quando escutava que outros roteiristas procrastinavam, pois diziam estar aprisionados na folha em branco. Ridículo e, no entanto.

A roteirista escovou os dentes e viu escorrer um início de história, mas ao bochechar, deixou escapar a centelha que vislumbrou e a água levou o primeiro parágrafo. Reparou na estante de livros curvada, precisando de um calço, pois assim perigava tombar.

Pensou que um café reforçado a ajudaria, mas a vasilha de claras se esparramou pela pia e a torrada queimou. Na pressa, ignorou o bilhete na geladeira, com instruções importantes para aquele dia que já começara tão pouco inspirado.

Encontrou o botequim da esquina fechado e do lado de fora conseguiu apenas sentir o aroma do café. Podia ser pior, pensou, podia ter acordado sem ideias, e riu de sua própria angústia enquanto apertava o passo, ainda sem direção.

Se fosse arquiteta ou instrutora de ioga, modista, paraquedista, arqueóloga, antropóloga, fisiculturista, calista, confeiteira, engenheira, professora, diplomata, anestesista, não estaria em tal situação.

Não lembrava por que escolhera tal profissão. Teria sido após ter ido ao cinema pela primeira vez? Se fosse assim, quem sabe poderia morar na terra de Oz? Os sapatinhos vermelhos, a casa a voar no rodomoinho, a bruxa que derreteu e virou uma poça bem diante dos seus olhos.

Ou talvez tenha encontrado a centelha nos romances que leu. Nas ilustrações de bico de pena, nas tristes histórias dos irmãos Grimm, nos desencontros de amor, mas principalmente nas injustiças que testemunhou em inúmeros romances de formação. Queria consertar o mundo, ah, isso ela queria. Era capaz de defender até as moscas capturadas pelas línguas frias dos sapos, ignorando a cadeia animal. Não tolerava discursos de ódio, preconceito e leviandades. Mas isso não seria motivo suficiente para viver de escrever. Caminhava sem rumo pelas ruas da cidade enquanto seguia martelando a questão.

Por quê?

Ora, porque talvez tenha intuído que escrevendo seria mais fácil enfrentar os percalços da vida. Será?

Imediatamente lhe veio uma imagem, anos atrás.

Véspera de um aniversário importante, uma festa dançante e ela havia comprado uma roupa nova. Um macacão de lurex, de fundo preto, com flores em tom de ferrugem que formavam um caleidoscópio, e que lhe caía muito bem, coisa rara para seu corpo franzino e ainda desengonçado.

Tinha uma playlist na cabeça, sabia exatamente o que ia tocar, ou melhor, imaginava. Assim como imaginava a cena com diálogos curtos e o beijo que ia ganhar. Tinha tudo arquitetado e os cachos surpreendentemente no lugar. Mas uma discussão pôs tudo a perder. Culpa da língua afiada, afirmou a mãe, e mais não pôde fazer.

Ou quem sabe?

Escreve uma carta, vaticinou a mãe, tenta explicar o que sente, da próxima vez você será compreendida. Mas uma carta para o pai?

Kafka, esse sim, tinha motivos, e o inverno severo de Praga que o inspirou a se tornar um arauto da solidão. E dessa incompreensão nasceu a Alta Literatura, forjada com nobres metais e escrita com pena implacável.

Já a roteirista... Uma festa dançante? Deve ter sido outro o motivo. E com isso, voltamos cinco casas para trás.

O sapato apertado a fez desistir da caminhada sem rumo. Estava perto do mar. Decidiu molhar os pés, vislumbrar o horizonte sem pressa, afinal, o dia já estava perdido.

O mar, azul e verde, com trechos escuros, convidava ao mergulho. Imagine ficar sem tocar os pés, apenas flutuar...

O que deu errado é que não sabia nadar. Não o suficiente para enfrentar as ondas que a surpreenderam. Bebeu muita água, mas sobreviveu, pois não tinha arriscado ir longe demais.

E ao sentar-se na areia para descansar, do nada, eles apareceram; a lagosta de tentáculos afiados, perseguida por um polvo de nove metros de comprimento. Atrás do polvo, um cardume de peixes-serra, tentando destruir a embarcação. O mastro já partido pendia perigosamente, ameaçando virar.

Com as roupas encharcadas, um homem segurava firme no leme, enfrentando as ondas, determinado. Uma barba espessa cobria-lhe o rosto vincado. Seria Nemo? Se fosse, teria em torno de cento e setenta anos. Estaria então, conservado em salmoura?

Parecia bem, embora abatido. Segurava uma caixa, com certeza ali havia documentos importantes. E enquanto olhava para o céu, o capitão repetia: Nada é tão profundo, apenas é o que é.

Um vendedor de picolé tocou-lhe no ombro, despertando a roteirista do torpor criativo em que se encontrava. Estava quase terminando a abertura, finalmente uma boa sinopse, faltava apenas um toque de terror sobrenatural que fecharia bem o argumento.

O céu tá carregado. Vai cair o mundo. Melhor a senhora se proteger.

Já em casa, colocou a chaleira no fogo e, enquanto esperava a água ferver, foi anotando o que recordava. Foi então que viu o bilhete da filha preso na geladeira: Feira de ciências. Importante. Vou criar eletricidade a partir de batatas.

Batatas elétricas. Isso é que é fazer mágica. E sorriu.

Ao pegar a bolsa, esbarrou na estante e alguns livros tombaram. Mais tarde, pensou, o mais importante agora são as batatas.

Na página aberta, grifado em vermelho, um parágrafo pedia atenção:

Não se curve, não dilua nada, não tente tornar lógico, não edite sua alma de acordo com a moda. Pelo contrário, siga implacavelmente suas obsessões mais intensas. — F. K.

Baladeprata

Terra, quero dormir, dá-me pousada.
FLORBELA ESPANCA

Não queria ter tido esse filho, mas não teve coragem de tirar.

A sociedade. Eram ricos, perderam tudo.

Sobrou apenas uma bala de prata. Sobraram os dois, mãe e filho.

A propriedade era terra de ninguém e foi comida pelas beiradas.

Acordou com o barulho. De novo a arruaça.

A invasão, o deboche, os cabelos brancos.

Atirou sem ver. Era o filho voltando.

Acertou o osso. O oco no coração.

Morreram juntos.

Lindinha

Sexta-feira de manhã, hora de preparar as mochilas: uma para a escola e outra para o fim de semana.

Lindinha, cadê o tênis? Fez o dever? Guardou na mochila? Da última vez você esqueceu o dever em casa, lembra?

Foi?

Que horas são? Cadê o tênis? Não esquece o pijama. Pegou o pijama? Tá no fundo da mochila? Tem certeza?

Mamãe, por que o papai não mora mais aqui?

Já te expliquei, Lindinha, o papai está confuso, com um monte de problemas no trabalho, na vida, ele achou melhor, quer dizer, nós achamos melhor dar um tempo. Nós precisamos de um tempo.

Sentada na beira da cama, balançando os pés, Lindinha luta com o cadarço do tênis.

Mãe, o que é esse monte de problemas? Sou eu? Pode falar.

Heloísa, comovida, larga a mochila e corre a abraçar a criança.

Nunca repita isso! Você nunca foi e nunca vai ser um problema. Você é o meu tesouro, entendeu?

Lindinha se solta dos braços da mãe e continua sua luta com o cadarço dos sapatos.

Quer que eu dê o laço, meu amor?

Pode deixar que eu dou. Todo mundo na minha turma já sabe fazer...

Lindinha, ninguém nasce sabendo. Não tem nada de mais não saber dar o laço direito. Você vai aprender... tem alguém caçoando de você?

Eu nem ligo, mãe.

Lindinha morde os lábios, concentrada, tentando acertar.

E se eu não quiser ir para lá no fim de semana?

Nem pensar, querida. Esse é o fim de semana do seu pai. Ele está contando com isso.

Mas eu não quero. Lá é tão apertado...

Esquece, Lindinha. Cada um tem direito a um fim de semana. Cadê o aparelho dos dentes? Você não pode dormir sem o aparelho.

Mãe, por que antigamente o papai nunca queria ir à casa da vovó e agora ele diz que adora morar lá? Mãe, por que é que ele dorme numa cama tão pequena? Mãe, por que é que a vovó vive dizendo...

Lindinha. Uma pergunta de cada vez. Senão fico tonta e perco a concentração.

Mãe, o que é concentração?

Lindinha, quando você dorme lá, você usa o aparelho?

Mais ou menos. Mãe, se eu usar o aparelho, posso ficar com você?

Sem chance, querida.

Você não quer que eu fique? É isso?

Que isso, Lindinha?! Já não disse que você é meu tesouro? Mas se você não for, seu pai vai ficar muito triste. Ele está contando com isso...

Eu explico pra ele.

Você conhece seu pai. Ele detesta ser contrariado.

Mas eu não quero ir. Se você quiser, eu fico o dia inteiro de aparelho. Não tiro nem pra comer.

Heloísa, comovida, larga a mochila e corre a abraçar a criança.

Eu adoraria ficar com você, mas hoje a mamãe vai sair. Sabe há quanto tempo a mamãe não sai?

Mas você não foi de manhã no supermercado?

Estou falando de outro jeito de sair. A mamãe também está precisando se distrair. Depois que seu pai... depois que nós resolvemos dar um tempo, eu vivo muito isolada. Não estou reclamando, eu adoro a minha vida, principalmente porque tenho você...

E com quem você vai sair?

Com o Manoel. Ele mora aqui no prédio, no 302. Nós já encontramos com ele no elevador.

Aquele do tênis amarelo? Mas ele não é casado?

Era. Separou.

E quem ficou com os filhos?

O Manoel não tem filhos. Os filhos são da Clara, do primeiro casamento. Ele agora está morando sozinho.

Ainda bem, porque a Monica tem três. Meninos.

Quem é Monica?

Mãe, já terminei a vitamina. Posso escovar os dentes?

Quem é essa Monica?

É uma moça. E ela nem é tão moça.

Quem é ela, Lindinha? Quem é?

É a namorada do papai.

Desde quando ele tem uma namorada?

Eu não lembro, mãe.

Desde quando? Fala, Lindinha!

Quanto tempo é um mês? É muito?

Ela sai com vocês? E os filhos dela? O que ela faz com os filhos dela? Que idade eles têm? Você já dormiu na casa dela?

Mãe, dá pra fazer uma pergunta de cada vez?

Lindinha, meu tesouro. Por que você não me contou isso antes? É por isso que você está desse jeito, deprimida. E sua avó é cúmplice de tudo.

Mãe, o que é deprimida?

Ele me disse que era só por um tempo, e eu acreditei. Como eu pude ser tão ingênua? Mas isso não vai ficar assim. Segunda-feira eu vou entrar na Justiça. Dez anos de casada. Para quê, meu Deus? Larguei tudo por ele. Abandonei meus amigos, abri mão da carreira, terminei com o Geraldo, que está rico. Mora em Miami. Passa as férias em Londres, tem uma ilha em Paraty. E eu aqui, sozinha. Que só descubro que meu marido tem outra porque a minha filhinha de quatro anos...

Quatro não, mãe. Já fiz cinco, esqueceu?

Isso não vai ficar assim. Ah, não vai. Vou ligar agora para o advogado. Será que é preciso um flagrante? Criança pode ser testemunha? Lindinha, para de coçar a orelha!

Eu não estou coçando, mãe!

Tá sim! Você está com tique nervoso.

Tique? O que é isso?

Toda vez que você fica assim, aflita, você começa a coçar a orelha, já reparou? Você tem que parar com isso, minha filha.

Lindinha, ainda lutando com o cadarço, aperta os lábios e coça duas vezes, freneticamente, a orelha, sem perceber.

Eu não cocei, mãe.

Foi seu pai que te fez ficar com tique nervoso. Mas ele vai se arrepender do dia em que nasceu. E agora, o que vai ser da minha vida? Nunca me senti tão sozinha...

Mas você não vai sair com o Manoel, mãe? Aquele do tênis?

Heloísa, comovida, larga o cigarro e corre a abraçar a criança.

O Manoel não tem a menor importância. Nem sei por que é que eu vou sair com ele. Tenho certeza de que ele também vai me decepcionar, da mesma maneira que seu pai me decepcionou, e o Geraldo também. Você não tem ideia minha filha. Como é difícil lidar com tanta decepção.

Mãe...

O que foi, Lindinha?

Lindinha coçava a orelha, ainda lutando.

Eu não estou conseguindo. Dá o laço pra mim?

Lindinha na casa do pai

Sexta-feira à noite

Zé Luis conversa com a filha enquanto termina de ler o jornal.

O que é que nós vamos fazer amanhã, Lindinha? Praia, cinema, shopping ou você prefere alugar uma bicicleta e andar no calçadão? Você já sabe andar sem rodinha, não sabe?

Ainda não.

Zé Luis larga o jornal e corre a abraçar a filha, sem graça.

Você nem liga, não é? Já te disse que ninguém nasce sabendo.

Então, meu amor, já escolheu? Praia, cinema...

Pai, esqueci o pijama.

Não tem problema, Lindinha.

Como é que eu vou dormir?

Depois a gente resolve. Você não tem fome? Que tal uma pizza?

Comi pizza ontem, no jantar.

E não pode comer hoje, outra vez?

A pizza daqui é melhor do que lá de casa?

Vou te contar um segredo. A de lá é melhor. A massa é mais fininha.

Pai, por que você trocou de casa?

Zé Luis dobra o jornal, coloca na cabeceira, pega o telefone e disca para o restaurante. Lindinha, sentada na beira da cama, insiste:

A pizza de lá não é melhor? E você não vive dizendo que ama pizza?

Alô? Pode ser muzzarela, Lindinha?

Pode, pai.

Depois da pizza, no quarto

Pai, essa cama não é apertada para você?

Sempre dormi nesta cama, desde garoto. Até me casar. E eu não cresci depois que me casei.

Mas a sua outra cama, lá em casa, é maior. Por que você tinha uma cama tão grande se você prefere cama apertada?

Está na hora de dormir, Lindinha.

Estou sem sono.

Quer que te conte uma história?

Não precisa, eu trouxe um livro.

Já escovou os dentes?

Já.

E o aparelho?

Ficou lá em casa, junto com o pijama.

Vou pedir um pijama emprestado para sua avó.

Mas eu quero o meu!

Quem mandou esquecer?

No dia seguinte, de manhã

Então, já escolheu? O que é que nós vamos fazer, filhinha?

Pai, a Monica não vem?

Infelizmente, a Monica não vai poder sair com a gente.

Por que a Monica não vem? Ela está doente?

Não, Lindinha, ela não está doente. É que hoje ela tem um compromisso.

E amanhã, ela vem?

Também não.

Por que ela não vem amanhã?

Olha, Lindinha, já que você quer tanto saber, eu e a Monica, a gente não está mais namorando. Na verdade, a gente não tinha uma coisa assim, tão forte, como eu tive com a sua mãe. Eu e a Monica... a gente só estava saindo, se conhecendo, sem compromisso. Não era sério. Pelo menos para mim não era. Eu é que ainda não estou podendo me ligar afetivamente a alguém, tá entendendo?

Em vez de sair, a gente pode ficar em casa, vendo TV?

— Lindinha

Zé Luis corre a abraçar a filha, puxando seu cabelo de brincadeirinha, coisa de que ela nunca gostou.

Claro que não, Lindinha. Fim de semana com o pai tem que ser especial. Nós vamos sair, e é você que vai escolher o programa.

Então quero ficar em casa vendo TV.

De jeito nenhum.

Você não mandou escolher? Já escolhi. Quero ficar em casa, vendo TV.

O que é que tem na TV que você não pode perder, minha filha?

É um programa que eu gosto muito, mas minha mãe não deixa ver. E não tem nada de mais.

Como é que você sabe que não tem nada de mais?

Porque eu já vi.

E por que sua mãe não deixa você ver?

Ela não disse o porquê. Mas não tem nada de mais...

Vou deixar você assistir, mas de tarde a gente vai sair, combinado?

Posso ver TV comendo pipoca?

Pode.

Eu quero doce. Com Nescau.

O quê?

Com Nescau é mais gostoso.

Horas mais tarde

Zé Luis conversa com a filha enquanto procura uma parte do jornal que havia separado para ler no dia seguinte.

Lindinha, tive uma ideia. E se a gente for ao zoológico?

Pra quê?

Pra ver os bichos, meu amor. Quando foi a última vez que você foi ao zoológico?

Não lembro.

Sabe o que a gente vai ver? O leão, o tigre, os macacos, a girafa, os animais noturnos... Você já viu os animais noturnos? Tem cada morcego.

Eu não gosto de morcego, pai.

Você não gosta do Batman, o homem-morcego?

Eu não gosto de morcego, pai.

Então a gente vai só à fazendinha e depois pode dar comida para os macacos.

Sabia que a minha mãe nunca foi ao zoológico? Nem quando era pequena.

Sem chance, Lindinha. Só nós dois, combinado? Vamos logo, que está ficando tarde. Daqui a pouco os bichos vão dormir.

Eu também estou ficando com sono.

Não me enrola, meu amor. Você não dorme mais à tarde. Lindinha, você viu meu jornal?

Que jornal?

Aquele que eu estava lendo antes de dormir.

Você não tinha acabado de ler?

Não. Eu separei para ler hoje. Cadê o jornal?

Lindinha, aflita, coça levemente a orelha.

Eu não me lembro... Como era o jornal?

Lindinha, cadê o jornal?

Pensei que você já tinha lido.

O que você fez com o meu jornal?

Eu rasguei, em tirinhas. Tá debaixo da cama. Se quiser, posso tentar colar.

Por que você fez isso, Lindinha?

Porque eu não conseguia dormir.

E por que você não conseguia dormir?

Porque eu não gosto dessa cama. Essa não é a minha cama.

Escuta aqui, ô mocinha. Essa também é a sua cama. Pode ir se acostumando. Você agora tem duas casas. Aqui é de um jeito e lá é de outro. Lá a cama é grande e aqui é pequena. Lá você tem sua mãe e aqui você tem seu pai. Agora é assim.

Você nunca vai voltar pra lá?

Não, minha filha. Não está nos meus planos. E para de me olhar desse jeito. Eu não tenho culpa. Tudo o que eu queria era que o meu casamento tivesse dado certo. Mas a sua mãe não ajudou. Ela vivia no meu pé, não me deixava um minuto, sempre achando que eu estava aprontando, que eu tinha outra.

Mas você não tinha?

Não importa. O que importa é o sentimento, tá entendendo, minha filha?

Mais ou menos, pai.

Quando a gente se casa, a gente pensa que é para sempre, mas aí os anos passam, e a gente descobre que nada dura para sempre.

Nada, pai?

Zé Luis corre a abraçar a filha e em seguida começa a lhe fazer cócegas, coisa de que Lindinha gostava muito.

A única coisa que dura para sempre é o amor do pai pela filha, entendeu, minha princesa? Esse é o único amor que nunca acaba.

Tonta de tanto rir das cócegas do pai, ainda ofegante, Lindinha consegue libertar-se.

Pai, posso pedir uma coisa?

O que você quiser, meu amor.

Liga para a Monica. Pede para ela ir com a gente.

Por que é que você quer tanto encontrar com a Monica, Lindinha?

Porque ela prometeu que ia me ensinar a pintar os olhos. Liga, pai, por favor.

Super bonder

*Se a princípio a ideia não é absurda,
então não há esperança para ela.*
A. A.

Trago boas notícias. Consegui um emprego numa empresa de demolição. A apresentação agradou o encarregado de colocações. Era um homem letrado, seguro, sem muitas indagações e tinha curiosamente um olho aberto e outro fechado.

O primeiro trabalho é construir um tijolo. Parece simples, mas para isso preciso ordenar os átomos que o compõe. Durante as pesquisas, descobri que os átomos têm ideias divergentes sobre a estrutura do mundo.

Os conservadores pensam em linhas de tempos organizadas por ordem alfabética, podendo também utilizar uma ordenação numeral.

Os práticos pensam em superposições. Camadas de átomos abraçadas por um super bonder levemente intelectual. Penso que uma camada de cola já seria o suficiente, mas eles preferem se garantir.

Os realistas estão procurando os átomos que fugiram da discussão. Onde foram parar esses danados?

Os rebeldes, ah, os rebeldes, esses invocam o espírito desencarnado do átomo, o espírito livre, verde e embriagante como o absinto, e pedem com urgência uma rebelião. Pois só assim, dizem eles, o tijolo seria capaz de atingir uma vidraça.

Anotei todas as hipóteses, mantendo o cuidado de anexá-las junto à receita desta composição. Para fazer um tijolo é necessária uma mistura. A argila extraída é um minério extremamente fino. Em sua decomposição temos a mica, o quartzo e o barro. A durabilidade é indefinida.

Os vestígios mais antigos de tijolos são de 7500 a.c., e foram encontrados em Çayönü, no sudeste da Anatólia, na Turquia. Também usado na Suméria, os primeiros tijolos tinham uma forma arredondada e não eram unidos por argamassa nem por cimento. Para tornar as construções mais resistentes, os espaços vazios eram preenchidos com betume, palhas e ervas.

A questão dos espaços vazios me remeteu a outra questão: Quantos mundos cabem num mundo?

Silêncio.

Novamente o silêncio.

Penso que é importante investir nesta construção. Para empilhar os tijolos é preciso seguir algumas diretrizes. A pilha deve ter 50 tijolos de comprimento, 10 tijolos de altura e não mais do que 4 de largura. E a distância livre entre as pilhas adjacentes deve ser igual ou superior a 80 centímetros.

Assim deveria ser feito. Mas até agora não consegui obter nenhuma resposta que me satisfaça. Enviei relatórios anexando as suposições, mas foram todos devolvidos ao meu gabinete.

O que posso concluir é que estamos vivendo golpes de linguagens vindos de todos os lados. Por isso esse investimento na fábrica de tijolos. Por isso me contrataram, sem sequer analisar meu currículo.

Vou marcar uma audiência com o encarregado, pedirei que mantenha os dois olhos abertos. Levarei os átomos como prova de que é possível reorganizar essa produção sem prejuízo algum.

E com isso, quem sabe, conseguiremos alargar o tempo. O tijolo é apenas um detalhe.

Post scriptum — é agora que começa a vida

O anel do papa

Julho de 1980

Ao declarar sua vontade de conhecer de perto uma favela carioca, o papa provocou uma reforma na infraestrutura do morro do Vidigal. As autoridades mandaram instalar postes de luz, construíram valões e lixeiras e caixas de som foram estrategicamente colocadas para que sua voz pudesse alcançar todos os lares da favela. No caminho a ser percorrido pelo Sumo Pontífice, a prefeitura ergueu escadarias e um longo corrimão. E foi por meio desses alto-falantes que a associação dos moradores divulgou "Os mandamentos para ver o papa".

"Ajude seu irmão a ver o papa. Não é só você que deseja vê-lo.

Mantenha a calma. Colabore com a Comissão de Segurança. Siga as orientações.

Não corra, não empurre, não se exalte.

Se a sua casa não estiver no caminho do papa, vá para a Niemeyer.

Alimente-se, evite o que possa provocar sede, vá ao banheiro.

Faça com que o papa se sinta em casa."

Todos estavam com os olhos voltados para o Vidigal, que orgulhosamente se apresentou para o mundo. Mesmo com os mandamentos, poucos conseguiram um lugar ao sol. Apenas duzentos moradores foram autorizados a ficar em casa, e, para os fiéis, a visita foi um misto de emoção e decepção.

Quase no fim da visita, o papa surpreendeu a todos ao entrar na casa humilde de Dona Elvira, quebrando o protocolo. A cozinha de Dona Elvira foi abençoada pelo Sumo Pontífice, assim como o cafezinho que ele tomou com ela. Ninguém sabe o que conversaram, mas, do lado de fora, dava para sentir o aroma do café fresco, passado na hora.

Ao se despedir da comunidade, o papa tirou do dedo um anel e o entregou a um dirigente da favela, pedindo que o anel fosse vendido, e o dinheiro, distribuído entre os moradores. A empregada de Vivian Lee era a melhor amiga de Dona Elvira, e foi assim que Vivian conseguiu uma entrevista exclusiva, poucas horas após a visita do papa.

A entrevista.

Vivian — Por que a senhora foi escolhida?

Dona Elvira — E eu sei? Tá todo mundo se mordendo de inveja. A Dona Iná, que é beata, tá chorando direto, reclamando... se é beata, não devia reclamar, não é?

Vivian — Como é o papa, na intimidade?

Dona Elvira — Um santo homem. A gente olha pra ele e já vê a santidade. É um homem muito compreensivo. Nasceu pobre, mas estudou.

Vivian — Como é que a senhora sabe?

Dona Elvira – Ele me contou.

Vivian — O que mais vocês conversaram?

Dona Elvira — Ele me pediu pra não falar...

Vivian — O que foi que mais a emocionou?

Dona Elvira — Depois dessa visita, o morro vai mudar.

Vivian — São palavras do papa?

Dona Elvira — Não, isso sou eu que estou dizendo. Anota aí...

No dia seguinte, na primeira página: "A DONA DE CASA QUE TOMOU CAFÉ COM O PAPA" alavancou a carreira da jornalista Vivian Lee.

Após a visita, Dona Elvira passou a frequentar diariamente a Capela São Francisco de Assis. Foi lá que ela teve as primeiras visões. Nesse meio-tempo, o anel tornou-se o centro de uma acirrada discussão entre os dirigentes da comunidade e as autoridades. Numa de suas visões, Dona Elvira viu o papa, um pouco mais velho, durante um comício, que foi interrompido por um tiro. Bem que tentou ligar para o Vaticano, mas a ligação não completava. Tentou também avisar Vivian Lee, em vão.

Na noite em que a réplica do anel foi roubada, Dona Elvira não conseguiu pregar o olho. Acordou suando frio e telefonou novamente para Vivian Lee, mas ela estava fora do país, participando de um fórum patrocinado pelo Vaticano.

Seis meses depois, Dona Elvira foi acordada pela vizinha, que lhe pediu ajuda num parto. Das mãos de Dona Elvira nasceu um menino robusto chamado Eduíno, que ficou conhecido mais tarde como Dudu. Pouco tempo depois, Dona Elvira sonhou que o papa iria reinar durante 24 anos, 6 meses e 8 dias, e que ele iria viajar muito. Voltaria novamente ao Brasil e traria uma réplica da réplica do anel que havia sido roubada. Sonhou também que de dentro do morro surgiria um grupo de arte, que congregaria muitos jovens e que faria um trabalho que iria se disseminar pelo morro e pelo mundo, de tão bonito que era. Em seguida, sonhou que Dudu, ao invés de entrar para o grupo de arte, se encantaria pelo tráfico e seria poderoso a ponto de deflagrar uma guerra contra a vizinha Rocinha. Sonhou, por fim, que o papa morreria muito velhinho, na véspera da Páscoa de 2005, e de lá, do castelo onde reinava, iria direto para o céu, para abraçar nosso Senhor. E que, assim que o papa morresse, o seu morro, o morro do Vidigal, finalmente seria abençoado.

Dona Elvira ainda tentou contar seus sonhos para Vivian Lee, mas ela nunca mais atendeu suas chamadas.

—
A palo seco

Se você vier me perguntar por onde andei,
no tempo em que você sonhava, de olhos abertos
lhe direi, amigo, eu me desesperava.
BELCHIOR

O que será que deixou passar? O que disseram que não ouviu? Que amor poderia ter existido e que não sentiu? E se não foi amor, foi o que, então? Talvez. Foi o dia em que nasceu de verdade e passou a não acreditar em nada. Não era mais criança, mas ainda não era o que viria a ser. Não remoía. Apenas atravessava olhando para a outra margem. Então.

Via filmes, peças, gostava das manifestações, abraçou a política e juntava à revolta, as letras de Belchior. Colocava muita força nas palavras. E por um momento, achou que aquele tempo nunca ia acabar. Descobriu também que amava pelos motivos errados. E que gostar não é o contrário de não gostar. Pode ser apenas uma porta entreaberta, enquanto o vento desloca o sentimento do lugar. Muitas vezes se perguntava: sou um monstro: ou isso é só uma pessoa?

Escrevia, anotava, nunca mais cortou os cabelos, foi à Bahia. E em cada objeto, montanha, árvore ou estrela, via novas possibilidades. Existir não tinha lógica. Por isso pegou um avião. Podia ser outra. Escondia de todos a sua religião. Ainda assim, durante quarenta anos, atravessou o deserto, até descobrir que do outro lado era apenas a outra margem do rio. "Peguem em mim e me depositem também numa canoinha de nada". Guardou esse verso bem guardado, enquanto o tempo passava.

Já mais velha, mais velha que Paulo Scoth e que todos à sua volta, aquiesceu.

Pois entendeu que o que escrevia era da ordem da alegria.

Se tudo já está dito...

O livro na minha estante não me conhece até que eu o abra, no entanto tenho certeza de que ele se dirige a mim.
ALBERTO MANGUEL

A página 106
Sócrates afirmou que somente o que o leitor já conhece pode ganhar vida com uma leitura, e por isso o conhecimento não pode vir de letras mortas. Mas quando foi que a letra morreu?

Algumas estão mais vivas que nunca, e não há concordância em seu significado. E é sobre isso que quero falar.

Tudo o que as alegorias pretendem dizer é que o incompreensível é incompreensível. Isso nós já sabemos. Mas ainda assim, entre uma página e outra, muita coisa pode acontecer. Um texto pode ter diferentes leituras: a leitura literal, a alegórica e aquela que ainda não deram um nome. A intenção do autor, que revela sem revelar. E o leitor.

Kafka disse certa vez que lia para fazer perguntas. Um texto poderia terminar inacabado, ou até mesmo abandonado, pois é a partir desse abandono que o leitor inicia sua jornada. Talvez por isso a última página do Castelo nunca tenha sido escrita. Para que K, o herói, nunca chegasse aonde deveria chegar.

Na última primavera, conheci um contador de histórias tão

velho quanto um Baobá adulto e pedi que que me concedesse uma entrevista.

Ele me contou que havia rodado o mundo colecionando casos. Sem se importar em classificá-los, relatava os mais interessantes ou assombrosos conforme a necessidade do ouvinte. Distribuiu dramas e tragédias, reconciliou famílias, ajudou crianças a perder o medo, fez rir a quem não tinha mais dentes. Prosperou de um jeito que só os contadores prosperam, replicando mundos imaginários que não têm peso algum e estavam ao alcance das mãos, sem nenhuma contraindicação.

Até que um dia, envaidecido com a plateia, presenciou uma injustiça e não levantou a voz. Perdeu um amigo, e em seguida outro. Não dividiu o pão com quem tinha fome, e acabou engasgado com as próprias palavras.

Cansado, o velho contador pediu para interromper a entrevista. Implorei por mais uma história que eu pudesse anotar, que pudesse ser um consolo, pois não queria aceitar aquele desfecho, para mim, tão perturbador. Insisti também porque achei que ele estava desaparecendo, e se por acaso deixasse as histórias sem suas letras, elas iriam mofar. E foi isso o que ele me contou:

"Uma vez, perguntaram ao rabino Levi Yitzhak, de Berdichev, por que faltava a primeira página de todos os tratados do Talmude babilônico, o que obrigava o leitor a começar da página dois. E ele respondeu: — "por mais páginas que o homem estudioso leia, ele jamais deve esquecer que ainda não chegou na página um".

A compreensão é uma ilusão, disse ele, e em seguida sumiu.

Faxina

Passou o pano no corredor com vontade, até ele ficar encardido. Só deixando de molho a noite inteira na sanitária para reutilizar. Podia jogar fora e pegar um novo no armário, mas foi assim que aprendeu com a mãe quando era menina. E quanto mais fino ficava, mais forte a sensação do dever cumprido. Trabalhava há seis meses na universidade. Indicação de uma vizinha, com pena das quatro crianças que via aboletadas na soleira, esperando qualquer sobra que houvesse. Mas ali, onde moravam, quase ninguém tinha o que doar. O emprego caiu do céu, e, para ela, cada esfregada bem dada era um comprovante do agradecimento.

A universidade pagava pouco, mas dava uniforme, material de higiene e direito a comer com os estudantes no bandejão. Nem num sonho ela podia imaginar tamanha fartura. Pena que o uniforme não tinha bolso para carregar tanta comida que sobrava. A primeira vez que viu o quanto deixavam no prato, ficou até tonta, e o rapaz responsável pela faxina dos banheiros veio acudir. Alegou um mal-estar qualquer, mas a imagem ficou na cabeça. Tanta coisa boa jogada fora: acelga, nunca tinha ouvido falar, achava engraçada a pronúncia, e quando contou em casa, o filho riu tanto que ficou com esse apelido até completar quinze anos, quando foi pego por furto e internado no reformatório. Os tomates vinham inteiros, brilhando, e, para seu espanto, estavam ali para servir de decoração, por cima da alface, que na maioria das vezes também era deixada de lado. Nunca entendeu por que as saladas não faziam muito sucesso. Bom mesmo era cair de boca na vagem douradinha, no feijão de caroço inteiro, no arroz solto e perfumado de alho, que ela comia com os olhos fechados para guardar bem o sabor. Quando chegava em casa, contava para os filhos cada detalhe das refeições. Não conseguia ajudar a mais velha com as contas, pois mal sabia assinar o nome, mas depois que arrumou o emprego, inventou um jeito de incentivar a menina: "Imagina que você tem cinco cebolas, que vem junto com mais cinco bifes, dez coxas de frango bem temperadas e uma travessa de aipim bem fritinho, mais uma dúzia de banana pra sobremesa, quanto dá essa conta?" A filha ria, tentando somar tanta gostosura.

Ela seguia esfregando os corredores, gastando o pano até encardir, a vida mais leve e a barriga mais cheia, como nunca havia sido. No sétimo mês, conseguiu costurar um bolso no uniforme. No compartimento secreto, trazia acelga, pedacinhos de bife e tomate picado para enfeitar o prato dos filhos.

Quando fez cinco anos, Acelga pediu para ir com ela, queria conhecer a universidade. Levou o garoto escondido e deixou-o esperando no armário das vassouras, perto da creolina. O cheiro forte fez o garoto tossir, mas o rapaz da faxina do banheiro foi gente fina, não contou para ninguém, até ajudou, e Acelga pôde provar, nesse dia, a carne moída com chuchu ainda quentinhos, num prato de papelão.

No sétimo mês de trabalho, com o orçamento da universidade apertado, diminuíram o número de empregados e os cortes iriam atingir desde funcionários graduados até o pessoal da faxina. A agonia da espera durou duas semanas, mas ela respirou aliviada quando descobriu que ia ser mantida no quadro de funcionários. O preço a pagar foi o trabalho dobrado. A coluna incomodava, tossia de noite, e a mão descascou por conta do cloro, mas tudo foi compensado quando ela conheceu a juliana de legumes. Só de ver disposta na mesa ela aguava, cada bocado desmanchava na boca. Evitou descrever para os filhos, pois a juliana não cabia no bolso, não tinha jeito de colocar.

Enquanto varria, no corredor, ouvia parte das aulas. Difícil acompanhar tanta falação, a professora de voz pausada, alguns alunos provocando debate, questionando: por quê? Risadas, silêncios. Então era assim que estudavam? As palavras que nunca escutara na vida saltavam em sua cabeça, preenchendo seu tempo, espantando a repetição.

No oitavo mês, trocaram seu turno para a noite. A rua escura e perigosa. Foi assaltada duas vezes, fingiu que não viu a filha de doze no beco, apertando um baseado, e o coração apertou. Nessa noite não conseguiu dormir. Passou a vida a limpo e botou na balança tudo o que tinha. No dia seguinte, pediu para trocar de turno e agradeceu quando o pedido foi aceito, e ela pôde voltar a encher os bolsos de gostosuras.

Mas a alegria durou pouco. Antes de completar um ano de casa, o novo presidente assumiu o cargo e foi cortando tudo. As verbas para a universidade foram minguando, igual a comida do bandejão. Mas o rapaz agora morava com ela. Sem emprego, era mais um para comer, e ainda havia o bebê que em breve ia chegar. Não era seu hábito desanimar, mas chorou no dia que viu fecharem as portas do restaurante.

Enquanto os estudantes gritavam no pátio da faculdade, ela teve o cuidado de retirar os bolsos do uniforme antes de devolvê-lo. Ensinou sua filha mais velha a varrer, passar o pano até deixar o chão brilhando, e o bebê nasceu gordo e saudável: Juliana, lembrança de felicidade.

Folha morta

Então ele disse que precisava partir. Não ia levar nada. Ia correr atrás do tempo perdido, explicou.

Soraia? Esse é o nome do tempo perdido?

O tom de voz dela o surpreendeu. Ensaiara tantas vezes esse confronto e ela o tratava como alguém que está na fila do caixa, esperando somar as comprar, os víveres da semana.

Soraia é apenas uma desculpa, ela não significa nada para mim, disse, sem muita convicção, tentando mostrar firmeza. Mas o timbre de voz o denunciou.

Não é ela, sou eu. Afirmou com menos ímpeto do que gostaria. Nós dois, há muito tempo não faz mais sentido. A vida não faz sentido e nem por isso deixamos de viver, ela disse, enquanto retirava as folhas mortas do gerânio.

Você já sabia?

Ela nem se deu ao trabalho de levantar os olhos. Permaneceu calada, mas foi surpreendida por fragmentos de um outro tempo, em que foram felizes. Mas disso ele não precisava saber. Seguiu retirando as folhas.

O silêncio incomodava. Ele preferia que ela despejasse suas mágoas de forma direta, que o acusasse, que pedisse algo de volta. Qualquer coisa. O silêncio, para ele, era um golpe baixo, difícil de lidar.

Se você quer mesmo saber, já conversamos, eu e Soraia. Ela disse. Sobre?...
Sobre os gerânios. Eu disse a ela qual o melhor adubo que se deve usar, e de como a sombra é importante, e, afinal, nós duas somos do mesmo signo, de libra, por isso demoramos tanto a decidir, embora pareça irritante a princípio, o signo de libra traz equilíbrio, e é assim que eu, que nós, mantemos o gerânio vivo, pouca água na medida certa e muita dedicação. Mas isso você ainda vai descobrir quando aparecerem as folhas mortas. Dê lembranças minhas a ela.

Filhos

Somos todos pontes, mas quem passará?

Indecifrável, com cara de paisagem, o diretor da escola aguarda uma explicação. Pela terceira vez ela é chamada pela coordenação e o ano escolar apenas começou. Não terá como se livrar da punição. Já usou os truques que tem a seu favor: recém-separada, divórcio litigioso correndo no fórum, ex-amigos que se esquivam e não respondem aos telefonemas, um casal de filhos para alimentar, educar, entreter, vacinar e separar na hora das brigas, intermináveis.

Não há solidariedade, nem mesmo na emergência infantil, quando a atendente se depara com o couro cabeludo da menina exposto, e anota no prontuário "briga doméstica" causada por um Lego que as crianças ganharam no Natal.

Elogiada pela direção, a menina parece bem adaptada às regras da nova escola, já o menino é o aprendiz do capeta, como repete a sogra, quando aparece, sem aviso, para azucrinar. O outro garoto, o que apanhou, entra na sala, cabisbaixo, mas é obrigado pela mãe a levantar o rosto e exibir os pontos no queixo. A mãe o surpreende e diz "assim que o rosto desinchar, ele vai entrar na faca". Assustado, o menino se esconde debaixo da mesa, enquanto a mãe afronta e cobra do diretor uma punição exemplar. Já o autor da agressão berra do lado de fora: "foi ele que começou", seguido de dois ou três palavrões que eles nunca ouviram saindo da boca de uma criança de sete anos

Com a expulsão descartada, o menino é suspenso das aulas por uma semana. Ela já sabe que não será o menino o punido, e sim ela e a menina. Nada contém essa criança. Não é filho do capeta, é filho dela, e foi desejado. No entanto. Demorou a se perguntar se havia algo errado com o filho. Por conta das brigas com o marido, concluiu que estragaram a infância do menino. Até ver o estrago que ele fez no outro garoto. É mais fácil ser a mãe do garoto que apanha. Ela sabe como cuidar de uma ferida, mas não sabe o que fazer com o filho que bate. O seu filho é um filho da puta. Foi o que a outra mãe disse, ao sair revoltada com a punição leve que o garoto recebeu. E ela não soube o que responder.

Antes de decidir pela expulsão, a outra instituição onde as crianças estudaram impõe como condição um tratamento com o psicólogo escolar. A ideia lhe parece razoável. Alguém de fora, intermediando, tentando explicar a fúria do menino, que surge do nada. Quem sabe? Mas já na primeira sessão ela percebe que a eficácia do estudo daquele senhor bem-vestido, com casaco acolchoado, resguardado pelo ar-condicionado do consultório, de voz grave e acolhedora se dirige a um alvo difícil de acertar.

Ela insiste, pede para o menino responder às perguntas que lhe parecem mais importantes: "Com quem você conversa quando tem problemas? Como você percebe que está ficando bravo? Como seu corpo fica? Com que você se preocupa?" "Com ninguém, com ninguém", é a única resposta do filho, mesmo com as ameaças, mesmo ficando sem jantar e sem TV, "Com ninguém", aos berros, venceu.

E na sessão seguinte, embaraçada, ela repara no filho bem-comportado, falando num tom normal, respondendo sim e não, obrigado, parecendo se divertir enquanto ela desaba porque não conseguiu cumprir a tarefa. E o menino sai de lá prometendo ajudar a mãe a ter uma semana melhor, e leva também o "quebra-cabeça das emoções" presenteado pelo psicólogo, ainda em fase de aperfeiçoamento, para ser lançado no dia das crianças.

"Algumas atitudes dos pais e professores podem reforçar a conduta agressiva", diz a médica de plantão, enquanto providencia uma lavagem no estômago da menina. Em seguida, pergunta: "A senhora grita com seu filho?" Mas a pergunta é abafada pelo choro da menina ao se recusar a ser atendida pela enfermeira. Sem responder à médica, busca acalmar a menina, mas percebe, num átimo, o filho riscando a parede da recepção. Então ela grita com o menino, diz para ele parar com a palhaçada, senão... mas lhe falta a palavra certa. "Senão, o quê?" Ele diz, enquanto termina o desenho e sorri. Ela levanta a mão em direção ao filho, mas é contida pela enfermeira. A médica, ainda preenchendo o prontuário, reitera: "crianças que observam na família reações de agressividade, físicas ou verbais, tendem a reproduzir essas atitudes, pois é a maneira pela qual estão aprendendo a solucionar os problemas".

Após confirmar não ter ingerido álcool ou fumo durante a gravidez, ela pede que a médica acrescente no laudo: "a menina está sendo preparada para uma lavagem estomacal porque o irmão a fez engolir inúmeras peças de um quebra-cabeça misturado com leite em pó". Não deve ser a primeira vez que a doutora se depara com uma situação desta natureza, e arremata: "ainda bem que não foram soldadinhos de chumbo". Aceita a água oferecida pela enfermeira: saiu de casa por apenas quinze minutos para buscar pão fresco para o lanche das crianças: nunca, em toda a sua vida, ela obrigou a irmã, ou foi obrigada por ela a engolir objetos estranhos.

"O que deve ser reprovado é o ato da agressão, mas nunca o sentimento envolvido", diz o psicólogo na semana seguinte, quando ela retorna com o menino. Sem dar detalhes, revela apenas que o jogo foi destruído e ele a tranquiliza: às vezes a situação sai do controle. É inevitável. Ele quer saber se ela proibiu o menino de jogar, provocando uma reação mais contundente. Ela nega, mas pediu que ele incluísse a irmã na brincadeira, e então conta o que de fato aconteceu, em casa e, em seguida, no pronto-socorro infantil. Não esconde nada e sai de lá com a receita de um calmante para os momentos difíceis e o diagnóstico: "Uma criança com quadro de Transtorno de Oposição Desafiante não aceita limites. É agressiva e de difícil convivência com o mundo ao seu redor. Mas nada como um dia após o outro", ele diz, antes de fechar a porta.

Ao tentar remarcar, é avisada que será atendida por videoconferência, pois o psicólogo está fora da cidade, coordenando um seminário. Ela aceita, quer entender a origem do problema, mas ele apenas observa que "as causas envolvidas incluem fatores genéticos, funcionamento cerebral e o ambiente em que a criança vive. Violência doméstica, práticas autoritárias, negligência e maus-tratos estão associados à ocorrência desse tipo de transtorno". Ele sugere criar um cantinho da raiva onde o menino possa extravasar nas almofadas. "Isso o ajudará a conter o ímpeto de agredir o próximo." Ele diz.

E enquanto planeja construir o cantinho da raiva, descobre que o menino soltou a coleira do cachorro do vizinho, e o cachorro, um filhote em fase de adaptação, fugiu. Por isso os berros e o choro de outra criança, e a mãe tocando a campainha, exigindo satisfações.

Ela aguarda o psicólogo na recepção do consultório, e mesmo sem hora marcada, relata a maldade do menino com o cachorro do vizinho. Diz que o menino já tem sete anos e tem consciência do que faz. Já de saída, ele responde: "a maturidade cerebral só se desenvolve totalmente aos vinte anos. Antes disso, é provável que o menino faça escolhas ruins, que ainda tenha uma visão deturpada sobre o mundo e queira que seus desejos sejam atendidos o mais rápido possível". Mas ela vai saber lidar com isso, afinal, uma mãe intui.

Na portaria do prédio, a mãe do garoto agredido chama seu filho de bandido. A tíbia exposta revela a fúria do menino ao ser contrariado. Ele só tem 10 anos, repete, em vão. A menina implora para morar com a avó e o juiz corrobora o pedido. De agora em diante será ela e o menino.

Dizem que a comida do reformatório é intragável, mas todos se acostumam. Em sua bolsa, os biscoitos de que ele mais gosta são coletados na recepção, pois os delinquentes não podem ter privilégios, diz a atendente. E embora ele tenha recusado a visita, ela espera um sinal de que poderá encontrá-lo no pátio. Se ao menos ele tivesse preenchido o questionário: "Com quem você conversa quando tem problemas? Como você percebe que está ficando bravo? Como seu corpo fica? O que você faz quando alguém não gosta de você? O que te preocupa?" Quem sabe a advogada poderá ajudar com uma petição para que ele receba os biscoitos.

Onde?

Conduza seus arados sobre os ossos da Morte.
WILLIAM BLAKE

Não, eu não tenho uma obra.

E pelo visto não vai mais dar tempo. Foi o que eu disse à jovem jornalista, na verdade, uma estagiária. Melhor juntar esses papéis, ver o que se aproveita e pronto. É o que temos, querida.

Se tivesse começado antes, mas não foi o caso. Distraí-me pelo caminho. Fiz o que devia ter feito. Fiz também o que não devia. E não há volta.

Imaginar, sim, é possível, mas os remédios que tomo todos os dias são um alerta civilizado para a eminência do fim. Que não deixa de ser uma palavra agradável. Pense bem: se não tivesse um fim, blá-blá-blá.

Em breve, serei mais leve, e poderei ocupar os nichos da floresta. Olha eu delirando outra vez. Não tenho uma floresta diante de mim, mas aqui nessa rua vejo uma árvore ou outra que ainda resiste. E que dá flores quando quer, quando é possível. Então, falando no possível. Não seria melhor gravar?

Ao longo dos anos, tentei criar uma sistemática. Queria registrar o que via e o que sentia antes de o pensamento sair da casca e se dirigir à ponta do lápis. Esses aqui, que guardo no estojo, desde menina. Não deu muito certo porque eles têm uma velocidade estonteante, que me impedem de continuar.

O que consegui registrar, os fragmentos, estão espalhados nestes papéis. Por favor, não repare, tem alguns manchados de café. Minha mão não é a mesma, eu também não sou mais a mesma. Melhor encurtar, não quero tomar o seu tempo. A gente não se conhece, mas eu simpatizei com você, queria te mostrar uma anotação, na verdade é um relato que copiei.

Uma noite, no primeiro século da era cristã, Caio Plinio Segundo, conhecido pelos futuros leitores como Plinio, o moço, para distingui-lo de seu tio erudito Plinio, o velho, que morreu na erupção do Vesúvio, saiu da casa de um amigo romano cheio de cólera. Havia feito uma leitura dos seus escritos, e se indispôs com a falta de reação da plateia, que sequer moveu os lábios ou as mãos. Plinio dizia que ler diante de uma plateia constituía um exercício benéfico, pois as leituras não só se destinavam a levar o texto ao público, como também trazê-lo de volta ao autor, que renascia junto aos escritos.

Em anexo, anotei com minha letra miúda:

"E além do prazer e da satisfação pessoal de Plinio, ou de qualquer outro, essa leitura compartilhada é também uma espécie de poder." Faz sentido para você?

Então, sobre o que não fiz, o que mais eu poderia acrescentar?

Não foi pouco nem foi muito, não tem um tamanho, nem corpo definido. Porém. Existe uma voz. E não importa o volume, mas o lugar da história em que se fala. No caso, aqui e agora. Você veio para uma entrevista, certo? Para o jornal local, dessa pequena cidade que fica numa curva que poucos conhecem. Não importa. Você veio até aqui, e isso deve ter um motivo. Para mim, foi uma surpresa. Fiquei tão feliz que nem preparei um café.

O que eu tenho a oferecer ao leitor?

Podemos começar pelas dúvidas, pelas lacunas que não preenchi. Tenho várias teorias, mas prefiro ser breve. O que sei, agora, é que descobri algumas brechas, onde me instalo com certo conforto e reescrevo. Hoje em dia preciso de uma rotina: acordar, escovar os dentes, envelhecer e tomar cálcio para os ossos.

Onde me escondi todos esses anos?

Numa onda gigante em Copacabana, na dobra da camisa do meu pai, no freio da bicicleta que entrou em meu joelho e deixou uma cicatriz. No quarto de despejo, onde tudo que não era dito se encontrava acomodado, e no início, em cada momento que não concluí o que poderia ter feito.

Gravou?

A falange

A História é que conta.
LUCIA BERLIN

Donald Johanson e Tom Gray terminavam um baseado ao som de "Lucy in the sky with Diamonds" quando um fragmento exposto lhes chamou a atenção. Uma falange, ao acaso, transformou Lucy numa celebridade.

Lucy era leve e magrela, já sabia andar de pé, mas preferia subir em árvores. Inteligente ela era, imagina só o que vinha atrás? *Australopithecus Afarensis*, teve seus quarenta e dois fragmentos de ossos estudados e dissecados até o tutano.

Mas e se? E se os ossos encontrados fossem ossos de galinha? E se Paul e John não tivessem escrito esta canção? E se o alucinógeno tivesse caído no ralo? O que seria de Lucy? O que seria de nós? O que seria? Seria mais ou menos assim:

Raios no lugar de eletricidade, dinossauros não resistirão. Algumas cavernas, sim. O Bisão, o fogo, não deixe apagar, pois os ossos viram carvão quando incinerados. Três milhões de anos atrás, alguém escreveu no diário:

Etiópia, um dia qualquer:

Lucy, idade desconhecida, sexo feminino, Lucy comia brotos, raízes, insetos, tinha os braços fortes de primata, ombros largos e força para subir. Cérebro em andamento e o coração que batia agitado, tal qual a tecla de uma máquina de escrever.

Uma Remington de prata, onde Hemingway, hospedado num hotel em Adis Abeba, após secar muitas garrafas, escrevendo de pé, como de hábito, avisou:

Escrever? É só sentar diante da máquina e sangrar, como um carvão que brilha.

O bilhete

Interior/Noite/Delegacia

Como ela era? — perguntou o delegado para a melhor amiga. Linda, muito inteligente, tinha tudo o que o dinheiro podia comprar. Não dá pra entender..., disse a amiga, já querendo chorar.

Obrigado, é tudo, dispensou o delegado.

Como ela era? perguntou o delegado para o namorado, que parecia em estado de choque. Ou fingia muito bem.

Ela? Insegura, impulsiva, sempre insatisfeita, mas não a ponto de...

É tudo, dispensou o delegado, sentindo o estômago roncar.

Quem encontrou o corpo? perguntou ele ao inspetor.

A faxineira, respondeu o chefe. É a próxima.

Então, como ela era? perguntou o delegado, enquanto imaginava o que gostaria de jantar.

Muito asseada. O armário era uma beleza, tinha gosto de arrumar. As roupas, os sapatos, tudo muito fino. Mas dava pra ver que a moça sofria. Dava sim.

Por hoje chega. Se não comer agora, minha úlcera estoura — pensou, enquanto pegava o paletó.

No dia seguinte, nos jornais, uma pequena nota na página 13:

"Sem motivo aparente. Crime, acidente ou suicídio?"

O delegado acordou irritado.

Foi a pizza. Muito ketchup. Arrotou enquanto procurava no armário do banheiro um antiácido.

Interior/Dia/Delegacia

Tem algum suspeito, doutor? perguntou a mãe da vítima.

Quem mexeu na minha gaveta? disse o delegado, que até então não havia encontrado o antiácido. Barbosa, liga para a farmácia.

Ela tinha só vinte e sete anos, doutor, disse a mãe, em meio às lágrimas. Vinte e sete, é muito cedo, seu delegado...

Ou muito tarde, depende da pressa, rosnou entredentes. O próximo?

É o patrão, avisou o escrivão. Pediu depoimento confidencial.

Nem um bilhete? perguntou o patrão antes mesmo de sentar-se.

Aqui quem faz as perguntas sou eu.

Anoto isso? perguntou o escrivão.

Era sua secretária particular?

Começou como secretária, mas foi promovida a gerente de vendas, muito competente.

E antes?

Antes o quê? perguntou o patrão intrigado.

Antes de trabalhar no seu escritório...

Trabalhava numa creche, eu acho.

Contratou sem experiência?

Já disse que era competente.

O senhor e ela? Alguma relação extraoficial? Lanche fora de casa?

Me recuso a responder.

É tudo.

Existe algum suspeito? Nem um bilhete?

É tudo, já disse. O próximo?

É o porteiro do prédio — avisou o escrivão.

Boa moça, muito boa, não merecia...

Escuta aqui — interrompeu o delegado. — Na noite do crime...

Foi crime, doutor?

Não interessa. Eu só quero saber se você viu algum suspeito.

Suspeito? Assim? Como?

Suspeito. Algo fora do normal. Barbosa, a farmácia!

Eu durmo cedo, doutor.

E a portaria, quem cuida?

Depois das dez, só Deus sabe.

Pode ir. Tem mais alguém?

A moça da faxina está aí.

De novo? Já falei com ela. Manda embora.

Ela disse que espera o tempo que for. Quer falar com o senhor de qualquer jeito.

Trouxe um sonrisal, doutor — disse a faxineira.

Senta aí. Barbosa, traz um copo d'água! Então? O que você quer?

Eu sempre quis ser testemunha... é sonho, desde menina.

O que foi que você viu?

O senhor não reparou nada estranho?

O quê?

Ela estava vestida como se fosse para uma festa.

Então?

Me pediu até para eu ajudar a arrumar o cabelo.

E daí? Cadê a água, Barbosa?

Quando eu saí, ela também me pediu para deixar todas as janelas abertas.

E daí?

Foi tudo planejado. Ela não queria que o gato ficasse preso quando o corpo começasse a feder. Ela adorava aquele gato.

Mas se foi premeditado, como você está dizendo, onde foi parar o bilhete?

O bilhete, doutor, o gato comeu.

Octopus Vulgaris

Floresta impenetrável.
A pessoa que você imagina está perdida.
MARGARET ATWOOD

Precisamos desenhar o silêncio e colocá-lo em exposição, disse o curador. O artista não respondeu nem que sim nem que não, disse que ia procurar outra saída. Caminharam juntos.

Se não conseguir sozinho, convoque outros artistas, faça um planejamento. Estamos pagando pelo seu tempo. O artista não respondeu e escondeu o que havia escrito na palma da mão. Caminharam juntos.

Progredimos? Perguntou o curador.

O artista balançou a cabeça e deixou escorrer uma gota de suor.

Foi o suficiente.

Organize seu estado de espírito calculadamente, brindou o curador, abrindo o vinho mais caro.

Foi o suficiente.

O artista alcançou o curador.

Uma boa história é sempre a tragédia de outra pessoa. Desta vez é a minha, afirmou. Estou devolvendo o adiantamento. Gastei apenas o pão de cada dia. E continuou: O polvo é um caracol que perdeu sua concha na evolução. Tem seus pensamentos criativos nos tentáculos e não no cérebro. São duas mil ventosas usadas de forma independente simultaneamente. Vamos ter que pensar como ele.

A literatura é o lugar do luto. Muitos morreram por ela.

Eu, humildemente, estou fazendo a minha parte.

E voou.

Deixando o curador procurando suas ventosas.

O postal/ Un Moulin de Montmartre

Cada um tem a sua vaidade, e a vaidade de cada um é o seu esquecimento de que há outros com a alma igual. A minha vaidade são algumas páginas, uns trechos, certas dúvidas.
FERNANDO PESSOA

Finalmente, estou trocando as ferramentas da caixa. Algumas desnecessárias, pretendo doar. Alguém pode fazer bom uso. O material mais pesado será o primeiro a ser descartado. Peso apenas 46 quilos e não imaginava que meu peso estivesse ligado diretamente à elaboração de uma técnica nova, mas nunca é tarde para rever os conceitos e aprender.

A partir de hoje, usarei cartas como meio de comunicação. Se irão ler ou não, veremos. O importante é ter decidido trocar as ferramentas por uma pena.

De agora em diante, pertenço ao antigamente. Mesmo no presente meus verbos irão deslizar pelo passado, até ancorar.

Atravessarei os dias nadando para trás, sem me importar com o calendário gregoriano. O mundo acelerado do jeito que está não me interessa. Esse é o meu ponto de partida e de chegada também.

A decisão de escrever cartas implica outras questões.

O destinatário, por exemplo: como proceder?
Cogito algumas possibilidades:
A+B – Escrevi e não enviei.
A-B – Ainda não terminei.
A*? – Penso em você, mas tenho vergonha de revelar.
B+B – Infelizmente somos seres excludentes opositores.
B+ – Sinto-me igual a você, mas não admito tê-lo como espelho.
B – Você me engoliu.
O – Vivo em círculos, com a pena na mão, dando voltas.
T – Procuro um abrigo para nós dois, embora ainda esteja só.
Z-A – Os extremos se atraem ou se repelem.
A+Y – Adoraria mudar para o estrangeiro, onde o Y é rei.
R.R. – Sinto-me ridículo de não encarar o óbvio.
Tudo não passa de um intervalo, com uma consequência.

Dentro do livro de Fernando Pessoa, encontrei um cartão postal escrito pelos meus pais. Teriam a idade que tenho agora, viajavam de férias, caminhavam por ruas desconhecidas.

Na foto, um moinho, em Montmartre. Sabiam usar o metrô de Paris, mesmo sem falar uma palavra de francês. Tinham fôlego. Ainda não tomavam, os dois, remédio para o coração.

O tempo congelou nesse cartão, que tenho agora entre as mãos. Reconheci a letra miúda de minha mãe e a crítica velada de meu pai, que sempre afirmou que eu não tinha juízo. Nunca compreendemos um ao outro. Nos toleramos, sem efusão. Às vezes com violência ou negação. Nessa época, eu pedia ajuda aos poetas. As escritas me confortavam, deslocavam-me para outro lugar. Na cabeceira, lembro de Ana Cristina Cesar e Fernando Pessoa.

E ao abrir o livro, 30 anos depois. O postal.

Que invocou a ausência mais profunda que não sabia de onde vinha.

Agora sei.

Tudo o que se passa no onde vivemos é em nós que se passa. Tudo que cessa no que vemos é em nós que cessa. Tudo o que se foi, se o vimos quando era, é de nós que foi tirado quando se partiu. O moço do escritório foi-se embora. Livro do desassossego

O kibutz

A resposta, meu amigo, está soprando ao vento.
B. DYLAN

Um amigo me disse que eu estive no show da Joan Baez em Cesareia, no ano...?

Estou tentando mimetizar essa informação.

Ele disse que vai encontrar uma fotografia.

No meu registro ouço apenas o som de Bob Dylan na vitrola.

"Blowing in the Wind", introduzindo seu negacionismo judeu.

Deitando raízes no muro das lamentações.

Acrescentando camadas nas camadas que virão.

Estou tentando conjugar o verbo mimetizar.

A caneta desliza na folha.

O mundo está povoado de não-sei, eu entre eles.

Meu foco não são as pessoas, e sim os campos de composição.

As rubricas, a distância entre as vírgulas.

E o tempo que não consigo organizar.

Pois se o livro encontrado tem 300 anos,

E eu o estou lendo agora,

Como é chamada essa operação?

Estive no Mar Morto também.

Amigos

Um era médico, o outro, advogado.

Se você ficar doente, eu te curo.

Se você cometer algum crime, eu te defendo.

Se precisar de mim, vou estar sempre ao seu lado — disseram os dois, quase ao mesmo tempo.

Após dois anos sem se falarem, Fred, o advogado, recebeu o primeiro e-mail.

"Então, amigo... É quase Natal. Estou dando uma festa e você é um convidado muito importante etc. e tal. Apareça. Júlio. 'Aquele que tem o dom de curar'".

A correria do fim do ano, a pressão da família, o Natal na casa dos primos de Magali e uma sessão urgente na 11ª Vara, pouco antes da viagem, contribuíram para o esquecimento de Fred, e o e-mail ficou sem resposta.

Quatro meses depois, Fred recebeu uma outra mensagem.

"Preciso da tua ajuda. Te espero na quarta-feira, no Bar do Ramiro, às 12 horas. Júlio."

Na terça-feira, Fred havia encontrado Magali enroscada em um colega do Fórum, no horário da terapia, em Ipanema, num bar de segunda. Passava por lá por acaso. O carro enguiçou e a oficina mais próxima ficava ao lado do bar. Antes de voltar para casa, Fred tomou um porre, para amortecer. A briga foi feia, e Fred saiu de casa sem rumo certo. Na quarta-feira, ao meio-dia, Fred dormia na casa de Lídia, ou Sara, num conjugado em Copacabana, e esqueceu-se do encontro no Bar do Ramiro.

Aliviado pela condicional, após seis meses na prisão, Fred saiu pela primeira vez. Ninguém o esperava. Tinha o fim de semana livre, mas segunda bem cedo teria que se apresentar novamente. Durante os dois anos que durou o julgamento, Fred, que não havia matado ninguém, foi condenado em primeira instância por abandono de lar e conduta imoral, agravado por agressão a uma mulher grávida. O caso foi considerado exemplar pelo juiz, que era amigo do padrinho de Magali. O bebê, um menino, nasceu com saúde, embora prematuro, seis meses cravados após o escândalo na portaria do condomínio em que eles moravam.

Com o resultado do exame nas mãos, Júlio aguardava na sala de espera. Nessas horas, a única vantagem de também ser médico é não pagar a consulta, pensou, tentando desviar o pensamento da conversa que viria a seguir.

É uma doença degenerativa, ainda pouco estudada. Podemos aliviar os sintomas enquanto aguardamos os avanços da medicina — disse o especialista, tentando ser neutro. Na nossa profissão, tudo funciona muito bem, até que alguma coisa não vai bem, e você sabe como é difícil deter uma rebelião de células sem explicação...

Até quando posso continuar trabalhando?

Se eu fosse você, daria um tempo, avisou o especialista. Procure algo mais calmo, sem riscos...

Mas como interromper o dom da cura que até então era tudo o que Júlio sabia fazer?

Debaixo da porta do apartamento fechado, Fred encontrou contas antigas, alguns anúncios de dedetização, um convite para o encontro anual dos advogados e um aviso da inauguração da nova filial do Bar do Ramiro, "agora também na Barra, pertinho de você". No computador, Fred escreveu enquanto iniciava uma volta virtual ao passado:

"Júlio,

Sei que ainda estamos em agosto, mas por um momento tive a sensação de ouvir os sinos tocarem. Será que já é Natal? Mande notícias. Fred."

Depois de vender tudo o que tinha, Júlio comprou um barco. Após seis meses no mar, trocou o barco por um Jeep e seguiu dirigindo até a Terra do Fogo. Ao chegar a Puerto San Julian, trocou o carro por um botequim e aprendeu a cozinhar. De noite, namorava Anita na rede, uma indígena, mãe de dois garotinhos barrigudos. A vida era mansa, tranquila, mas as dores de cabeça aumentaram e ele achou que era hora de voltar.

Ao chegar à cidade, um ano e meio depois, retornou ao consultório do médico com um novo exame nas mãos.

As células continuam nervosas e ativas — disse o especialista.

E a cura?

Por enquanto, nada. Aproveite. Já pensou em viajar? perguntou o doutor, que pensava ter tido uma ótima ideia.

Nesse mesmo dia, Fred trazia o filho de volta, após passarem juntos o fim de semana. O garoto ia fazer quatro anos no próximo mês. Na entrada do prédio, a mãe avisou que eles estavam de mudança para o Cairo:

Conheci um cara legal.

E o menino?

Eu mando notícias — avisou Magali. Ele pode passar uma parte das férias com você.

Mas e as aulas de futebol? E a escolinha do clube?

No Cairo também tem bola. Ele joga por lá, afirmou antes de fechar a porta.

Júlio comprou um táxi. Casou-se, separou-se, fez um mestrado em filosofia. Aprendeu a tocar violão, mudou-se para Cabo Frio. Voltou. Às vezes sonhava com enfermarias, pacientes sedados, tudo sob controle na mesa de operação.

Fred esperava janeiro chegar. Não via o filho há seis meses. Nos fins de semana, trabalhava como voluntário na escolinha de futebol.

No dia 31 de dezembro, uma tromba d'água inundou a cidade. Duas horas da tarde e chovia muito. No centro, o trânsito engarrafado, véspera de feriado, um inferno. Ao chegar a Copacabana, quase duas horas depois, Fred largou o carro. O bar com jeito de festa, clientes antigos, mas depois de tanto tempo, Fred não conhecia ninguém... Melhor sair fora, pensou, depois do terceiro drink. Pediu para fechar a conta quando Júlio chegou. Mais magro, com menos cabelo, queimado de sol. Fred duvidou por alguns instantes, até ter certeza. Um abraço contido, e Júlio sorriu:

Foi aqui que eu marquei com você? Era hoje o encontro?

Acho que sim...

Um copo, dois copos, mais chuva... Um alívio. Foi aí que Fred lembrou:

O que era mesmo que você queria, naquele dia, no Bar do Ramiro?

Nada importante, esquece. É muito bom te ver...

—
Desejo

Eu sou como sou, vidente, e vivo
tranquilamente todas as horas do fim.
TORQUATO NETO

Foi o último a sair do bar. No caminho de volta, a chuva forte o alcançou. Decidiu arriscar. A rua onde morava ficava a poucos quarteirões. Era só atravessar a avenida, retornar à esquerda e chegaria na rua de janelas verdes sem número. Sua casa. Ao virar a esquina, uma poça o impediu de seguir adiante. Dentro da poça, com dois metros de diâmetro e profundidade indefinida, alguém se debatia. Mas podia ser efeito do álcool. No bar, havia contado seis garrafas vazias. Era um homem de palavra. Havia prometido sair na sexta garrafa.

Olhou novamente, havia, sim, alguém se debatendo. Se soubesse o que viria adiante, teria dado dois passos para trás e mudado de rota. Mas a pessoa, ou o que quer que fosse, agitava os braços curtos em desespero.

Quem procura, acha.

Jogou-se imediatamente na poça e agarrou o pequeno ser que escorregou de suas mãos e afundou novamente. Com cuidado, conseguiu retirá-lo. O ser tinha a pele acinzentada, orelhas pontudas e a língua escura e reluzente. Apesar do susto, se recompôs rapidamente. Foi claro e objetivo:

Você tem direito a um pedido, apenas um.

Tudo lhe passou na cabeça: a infância, um amor não correspondido, algumas riquezas, a ausência da mãe, a moto que nunca teve coragem de pilotar, até a lua ele vislumbrou entre tantos desejos.

Escolheu ter mais tempo. Na verdade, ele queria nunca mais perder tempo. Pois em sua matemática, mais tempo somaria mais vida, mais sexo, mais descobertas, mais montanhas a alcançar. Já havia passado dos cinquenta, mais tempo era tudo. Não perder, apenas ganhar, grãos de ouro na ampulheta infinita, girando sempre a seu favor. E assim foi feito.

O tempo que ganhou tornou-se um fluxo contínuo e quebrou várias regras de uma tacada só. Tudo agora era diferente do que havia sido até então. Sem hora marcada, decidiu não mais trabalhar. Tirou férias e descobriu que o desejo realizado havia tirado seu sono. Não era assim que imaginou ganhar mais tempo, pois achava que o prêmio era uma espécie de imortalidade temporária, embora não tivesse parado para refletir quando fez o pedido.

Vagando pela noite, flagrou janelas abertas, camas desfeitas, traições. Inquieto, sem sono, não parava mais em casa. Foi a gota d'água para Elvira, sua mulher, colocá-lo para fora. Na hora sentiu-se incompreendido. A dor se instalou logo depois

Arrependido, não havia computado Elvira no fluxo contínuo que recebeu como prêmio. Mas o corpo da mulher seguia desenhado no colchão. E o tempo sem ela não passava, era um buraco no peito. Revoltado, voltou até o local da poça, mas nada encontrou. Entendeu que deveria esperar, tempo não lhe faltava. Passaram-se alguns meses até que a chuva inundou novamente a cidade.

Encontrou o ser de pele acinzentada e orelhas pontudas no bar, na mesma mesa em que ele costumava beber. Já havia esvaziado seis garrafas e beijava Elvira sofregamente com seu hálito fétido e a língua escura e reluzente. Amaldiçoou-o com todas as letras e o matou imediatamente, sem dó nem piedade. Não pensou em nada.

Mas havia testemunhas e diante do juiz nada justificava a violência. Não querendo passar por louco, calou-se. Afinal, era um homem de palavra.

Foi preso e condenado. Levava consigo o desejo realizado, que não tinha prazo de validade. Teria todo o tempo do mundo para refletir, enquanto permanecesse alerta, sem dormir, encantado.

—
A pequena vendedora de cobre

Meto-me dentro de mim mesmo e acho aí um mundo.
GOETHE

O prazer da leitura está na reconstrução daquilo que desapareceu. Um escritor nasce cego, mas nada como um dia após o outro. E seguimos. A. completava 12 anos naquele dia. Um desejo antes de soprar? Posso? Disse a menina enquanto o irmão acendia as velas. Soprou as velas do bolo, rodopiou.

Diante dela, o mundo que virá. Lia tudo o que lhe caía nas mãos. Nos livros, encontrava as possibilidades que a deslocavam do lixão. Foi Z., o irmão mais novo, que encontrou. Alguém teve o cuidado de separar os livros. Lia em silêncio, antes de adormecer no colchonete, encostada na parede do depósito onde viviam.

A mãe, internada, já não recebia visitas. Sobre o pai, não sabemos quase nada. C., o irmão mais velho, era mágico. Trocava fios de cobre por gostosuras, como o bolo da padaria e crédito para o celular. C., o mágico, saía de madrugada, levava uma bolsa amarrada a uma corda presa na cintura. A. cansou de pedir para ir junto, mas ele dizia que o cobre precisava de dedos firmes e mãos calejadas. Os dela ainda eram muito pequenos.

O inverno chegou e se instalou nas frestas das paredes frias. Os três irmãos moravam no depósito da vizinha. Além do aluguel,

A. fazia a limpeza da casa da velha. Sempre desconfiou que a vizinha fosse sua avó, mas nada dizia. Misturava as histórias ou quem sabe? Nunca se atreveu a perguntar. Foi a velha que trouxe a notícia.

Pegaram C., encheram ele de porrada. A. já sabia como fazer. Gelo picado no saco de pano, gargarejo de sal e sopa. O problema era a mão quebrada. Sem os fios de cobre, A. não tinha como pagar o mercado. A padaria também não vendia fiado. O ouvido de Z. inflamou e ele berrava de dor. Levaram o menino para a instituição. O olho claro valorizava. Na despedida, a velha riu, deixando A. numa poça de tristeza. Nem deu tempo de colocar o livro na mochila do menino. E seguimos.

O telefone de C. tocou. A. atendeu. Da primeira vez deu certo. C. era o chefe e a menina tinha os dedos leves. Deu para comprar o que precisavam para uma semana. Pagou a velha. A vontade que tinha era enfiar o dinheiro na boca da velha e costurar com o fio.

Outro telefonema. A. pegou a bolsa do irmão e saiu pisando duro. Dessa vez roubaram uma galeria subterrânea. Material da melhor qualidade. Igual à mina de diamante dos sete anões, ela lembrou. Gastou parte do dinheiro em crédito para o celular, comprou um tênis novo para C. e um frango dourado para o almoço, para comemorar. Mas C. não gostou quando descobriu. Mandou engolir o choro, enquanto juntava suas coisas para nunca mais.

Silêncio.

A comida acabou. A. bateu na porta da velha, mas só encontrou uma fotografia. Lembrava sim a avó. Não era. Se fosse, não a teria deixado tão só neste mundo.

O inverno era o cão.

A luz foi cortada.

Sozinha no escuro, A. encontrou uma caixa de fósforos e foi acendendo um a um. Dava gosto de ver o fogo queimar. Na primeira chama, ela formou um bando. Na segunda, virou menino. Ninguém o contrariava. O fio de cobre brilhava igual ouro. O bolo chegou quente da padaria, e o açúcar derretia igual à neve que não parava de cair.

Foi acendendo, até só restar um. Quando viu Z., o irmão de olho claro, lendo sozinho, danado. Contando uma história para ela, que nunca mais ia ter fim. Pois na parte mais bonita, já emendava outra, e depois outra.

E quando raiou a manhã, muito fria, encontraram, ali no cantinho, entre as duas casas, a menina, com as faces coradas e um sorriso nos lábios. Estava morta, gelada. A aurora do ano novo brilhava sobre seu corpo, que jazia com os fósforos nas mãos. Ninguém sabia que maravilhas ela viu. Andersen

—
Quem diz eu

Então, disse Justo Navarro, agarra o que você tem de mais próximo, fala de si mesmo. E ao escrever sobre si mesmo, comece a ver como se fosse outro, trate-se como se fosse outro, afaste-se de si mesmo conforme se aproxima de si mesmo.

Não usarei dados autobiográficos pois eles estão atrelados a um não sei, não lembro, ou não queria que tivesse sido assim. A contaminação se deu num momento em que estava distraído, tornando-se com o tempo, um hábito recorrente. Criei fábulas, mas não assinei a autoria. São de quem pegar.

Sempre que puder, vou evitar a palavra romance, embora acredite no testemunho. Vou pelo caminho do híbrido, na sombra de Singer, na sombra do meu avô, que fazia molduras, tentando enquadrar o que via, pois aqui os trópicos se impunham.

O estatuto do vivido não me pertence, pois não caibo mais nas roupas antigas. Nem elas querem a mim.

Não há melhor forma de se livrar de uma obsessão do que falar sobre ela. Ou copiar o que foi dito. Estou ainda na sala de espera, aguardando a minha vez.

É daí que começo. Sem parágrafo. Apenas outra linha.

Tenho coisas demais a dizer, mas descobri, há pouco, que uma escrita não começa nem conclui. Ela se encontra no meio.

No livro que li há pouco, *O Mal de Montano*, o personagem está doente de literatura, e é isso que o move.

Para organizar o que veio antes e o que virá, tentei responder algumas perguntas.

O que me fez escrever?

Como começou o processo?

Eu, criança? O que via?

Eu e o tempo?

Eu, agora sem tempo.

No exercício da literatura o abstrato se concretiza. Respondendo à questão um, comecei com versos, juntando palavras, sílabas deslocadas, paroxítonas, que mesmo sem sentido buscavam aprovação. Tinha então quatro anos. Precisava ler antes do meu irmão. Em seguida, já mais forte, coloquei a mochila nas costas seguindo o mundo, no fluxo.

Obstáculos, quem não tem? Foram vários. Teve rio, correnteza, asperezas, rejeições, falta de deus, animação. E para encurtar, completei algumas voltas sem órbita. Pesava pouco naquela época.

Enquanto avançava, também me perdia. Vivi outras experiências. Nunca fui feliz para sempre. Nem quando fui criança. Nos livros, acompanhei a felicidade alheia. Porém não tenho certeza se essa verdade eu inventei.

O que mais me impressiona é que com apenas um gesto tudo poderia ter sido diferente. Dá até vertigem, esse pensar.

Já numa outra etapa, mais avançada, tornei-me crítico de mim mesmo, e com isso andei muitas casas para trás.

Fui salvo pelo esquecimento, velho companheiro que me ronda desde então. Fiz a mala, bem leve, e agora viajo de uma interpretação para outra. Num primeiro conto que escrevi havia uma mala, debaixo da cama, aguardando.

Mas a quem quero enganar?

O fato de ter mais firmeza na incerteza me consola. Hoje em dia, preciso de pouco. Ver a rua da janela me basta em alguns momentos. Em outros, ainda não. A escada projeta uma sombra e cada degrau é apenas uma suposição.

As plantas, eu li, representam quase a totalidade da biomassa do planeta. Os animais contribuem com apenas três por cento. E lá vamos nós, prepotentes por nada.

Tudo isso aconteceu quando havia mais tempo.

Vai chegar o dia em que também vou silenciar. Ainda não. Ainda escrevo. E os motivos não têm peso nem cor, são como os átomos, estão lá, sem precisar se impor.

Não deixa de ser uma arte, deixar passar. Não reter.

Não deixa de ser uma arte negar algumas possibilidades e recorrer a alguns truques para sobreviver. Como faço agora.

Pretendo em breve desaparecer para colaborar com a decomposição.

E onde eu for enterrado

Nascerá

Uma flor.

A mão

Acordou com uma dor no peito, indescritível. O relógio marcava quatro horas da manhã. Tentou dormir novamente, impossível. "Parece real essa dor", pensou, enquanto estalava os dedos dos pés. Alivia a tensão, lembrou. Involuntários os olhos se abriram. É aí que corre o perigo. Depois que se abrem...

Tentou ordenar as ideias, acalmar a desordem. Deu-se as mãos. "Estranho", pensou, "sou eu mesmo e ao mesmo tempo sou outro querendo ajudar". Riu de si mesmo. Sempre uma teoria, um plano "b", pronto a fugir dos perigos. Essa angústia é apenas uma partícula de tempo em que a gente demora, resiste, até se entregar.

Algumas noites são únicas, percebe-se de imediato. Outras nem tanto. Repetem a dor da existência, como num sonho, um conto que parece nunca ter fim.

"Um calmante e um chá", concluiu. E enquanto a água fervia, decidiu fazer uma lista:

Quem são esses, os personagens do livro?

Escrevo por quê? O que será que me falta?

Qual o tamanho do céu?

O que é tão grave que não pode ser adiado?

Como é possível manter o coração leve?

Se tivesse que escolher um momento para levar junto de si, entre as duas mãos, mãos dadas, é claro, que momento seria? Por que é tão difícil criar? Personagens, histórias, o final de uma peça, a última frase...

Quem sou eu, afinal?

Um desvio, num átimo, alguma coisa o interrompeu e o fluxo de pensamento se foi. Não era hora de acontecer. Revoltado, largou suas mãos, embaralhou as ideias, começou novamente a sofrer. Dor verdadeira, de quem nada sabe, de alguém que todos os dias percorre o mesmo caminho. Por isso precisava continuar a escrever:

Sofrer é não esquecer cada detalhe da rejeição.

É nunca esquecer o desleixo do outro.

Ter certeza de que a porta se fechou justamente na hora em que você ia passar.

Sofrer é competir com a própria sombra, uma corrida sem fim.

É procurar o sentido no que não faz o menor sentido e sempre pedir outra mão, para apertar, entreter, agradar, embora a sua outra mão esteja ali de bobeira, esperando... esperando... sem a menor ideia do que fazer.

Na consulta

Tenho um amante há trinta anos, eu disse. Mas sempre fui uma pessoa muito discreta, completei. Nada na minha rotina foi alterado por causa dele, entende? Eu mesmo custo a acreditar. É como se não tivéssemos uma história, mas, ao mesmo tempo, nós temos. Talvez seja por isso que dure tanto, divaguei. Às vezes nos afastamos, mas é premeditado, nem é por falta de afeto, é mais uma questão de impossibilidades, logística mesmo. Ele viaja muito, eu fico envolvida com o trabalho, mas sempre retomamos e tudo volta a ser como antes. Eu não sei por que eu estou lhe contando isso, talvez tenha sido por causa da alergia...

Eu podia perceber o olhar espantado do médico, unicista, como eu queria, indicado por uma amiga que me confirmou que ele sempre acertava o diagnóstico já na primeira consulta. Minha intenção era falar da urticária, uma coceira que me aflige principalmente antes de dormir, mas não sei se foi a brisa que me tocou suavemente o rosto através da janela entreaberta do consultório, ou o olhar acolhedor daquele médico que eu nunca tinha visto.

Já na primeira frase mudei radicalmente o rumo da prosa enquanto ele me observava, abismado.

No momento em que despejava meus segredos, reparei na pintura que via por cima dos ombros dele: uma marina de estilo híbrido, mas que tinha seu encanto. Ele pediu para medir meu pulso e seguiu anotando o que observava nas reações do meu corpo, sem conseguir me encarar. Nasci para viver sem par. Não tenho esse talento. Depois de tantos anos, me dei conta de que nós não tínhamos uma data para comemorar. Talvez seja uma falha, embora ache que o melhor da vida são as lacunas, os espaços vazios, filosofei sem muita certeza se estava jogando contra ou a favor. Eu deveria me preservar, no entanto não conseguia parar de falar, dividindo minhas angústias com um estranho.

Lembro-me do primeiro dia em que tudo deu errado. Eu o conheci através de amigos e não vi nada de interessante nele. Mas isso me pareceu interessante, uma pessoa a princípio desinteressante, poucas coisas em comum, intelectualmente inexpressivo, o oposto dos homens que eu admirava. Foi isso que me atraiu. E mantivemos essa falta de unidade durante trinta anos, o que me surpreende. Essa vocação para os extremos é que deve me mover, o senhor não acha? Meu interlocutor continuava pasmo, sem dizer palavra. Talvez ele estivesse pensando que eu errei de consultório e o confundi com o terapeuta que atendia ao lado. Estendi minhas mãos enquanto ele procurava marcas invisíveis da alergia que tanto me incomodavam. O quadro na parede, que antes havia me acalmado, agora me perturbava. Talvez a cor do mar, um azul profundo que evocava algumas noites de angústia que vinha atravessando.

As palavras saíam sem que me desse conta: já fui casada duas vezes, mas sempre preferi viver só. Publico pouco, isso me incomoda, detesto intimidade, mas volta e meia reclamo da solidão, o que me parece uma contradição infantil. Acho que o mundo é dos fortes, dos dinossauros, que, para sobreviverem, diminuíram de estatura, desenvolveram asas e não perderam a ferocidade. Isso é o que eu acho.

Não somos amantes de dias marcados, não temos dias certos para os encontros, não tenho fotos, uma ou duas, talvez, em meio a outras pessoas, como se fosse tudo ao acaso, apenas encontros ocasionais. Esperei que ele anotasse algo em seu caderno e continuei: Sabe o que me assusta? Depois de todo esse tempo, não tenho certeza de que é amor o que sentimos. Já fiz loucuras por ele, não faria de novo. Mas devo confessar que adoraria ser surpreendida. Com o quê? Não sei exatamente.

Como eu disse, conversamos pouco, mas sei como ele gosta do café, forte e com açúcar. Sei como dorme, os braços cobrindo os olhos, os pés tão grandes que se enroscam nos meus. Vejo sua delicadeza ao atender o telefone e eventualmente mentir, vislumbro sua tristeza quando se dá conta de tudo o que não realizou. Sei que ele torce por mim, vibra com as minhas conquistas, mas mantém uma postura enigmática quando resvalamos em qualquer comentário que envolva seu casamento.

Não, eu nunca quis ser casada com ele. Já disse que vivo bem do meu jeito. Nunca escrevo sobre ele nas minhas novelas, também nunca foi assunto das minhas dissertações. Falei pouco dele nos anos em que fiz terapia, odeio estatísticas e comparações. Tenho certeza de que somos um caso único. Em relação à alergia, o senhor acha que pode ser alimentar? Genética? Da idade? Eu não tenho a idade que aparento. Neste momento, tenho exatos 150 anos. Ele sorriu.

Se me sinto ansiosa? Triste? Nunca soube definir tristeza ou dor. Amor para mim é quando o sol aquece a grama gelada. O sol e a grama não são íntimos, não são feitos da mesma matéria, e ainda assim se complementam.

A verdade é que há semanas estou ensaiando uma carta de despedida. Tenho refletido sobre o imponderável da vida, sua finitude, a decadência que chega aos poucos, mas que repentinamente se acelera. Isso me tirou o sono, mas foi, de certa forma, libertador. Decidi que não quero ser refém de um destino que não planejei, nem acordar me lamentando pelo que não fiz. Mas não queria sair sem me despedir. Acho injusto, afinal, tudo o que tive de bom e de ruim foi de algum jeito compartilhado. Mesmo que não de uma forma tradicional. Somos pequenas ilhas, mas a água que tenho em torno de mim não é só minha, e nossos olhos alcançam as ilhas que nos circundam. Talvez por isso, ao entrar aqui, me senti na obrigação de lembrar, e mesmo que pareça que não estou dando a devida importância a tudo que vivi, é porque ainda não terminei. Tenho sonhado com um final eminente, triste e belo, definitivo.

Se fosse um filme, eu me despediria dele num dia de tempestade, com um guarda-chuva compartilhado, um beijo molhado e um adeus sem legendas. Se fosse uma peça, eu colocaria em sua boca palavras doces, delicadas, em que ele finalmente declarasse seu arrependimento por não ter tido a coragem de me escolher. Se fosse uma foto, eu a faria em preto e branco, apenas as nossas sombras, os corpos distantes, reservados, nossas mãos quase se tocando.

Tenho certeza de que não foi em vão, me sinto um tanto vazia, distante do que já fui. Durante trinta anos, não me perguntei nada, não questionei, apenas aproveitei todas as lascas de felicidade que encontrei em nosso caminho.

Acho que já tomei demais o seu tempo, eu disse. Como é que eu sei o final? Ele me perguntou. Porque me sinto mais leve, sem medos, desapegada, cada vez mais leve. Sou como os dinossauros, sei muito bem a hora de entrar na floresta, cuidar para que as asas cresçam e andar sem olhar para trás.

A testemunha

Um roubo nunca é inocente, já o ladrão...

Não há melhor forma de se livrar de uma obsessão do que falar sobre ela. Ou copiar o que foi dito. Estou ainda na sala de espera, aguardando minha vez.

Finalmente.

Considerei as possibilidades, considerei as ausências e pedi para ser ouvido.

Alguns fatos da existência não me confortam.

Tenho apenas invenções autobiográficas, sujeitas a perder o sujeito. O mesmo sujeito que me colocou de pé um dia, mirando o infinito. Tenho em mãos o estatuto do vivido. E com ele me apresentarei na delegacia. Quando for confirmada a suspeita de que existe um morto onde antes havia vida.

E se uma mulher tivesse pisado na lua?

As histórias que se entrelaçam, são propositalmente mal contadas e sou testemunha. Ao mesmo tempo em que engano, sou enganado, pedi por isso. Estou aqui.

Em sua solidão, em sua frágil vibração, em seu nada, fala a palavra mesma. Enquanto a pessoa que escreve, ainda assim, vai desaparecer.

É só aguardar.

—
Raio X

Abriu a porta e deixou entrar apenas uma palavra. Colocou de lado os brinquedos e começou a cavar, procurando uma explicação.

O tempo passou.

Aos vinte e três anos, Emanuel, que trabalhava como garçom para se sustentar, tirou o diploma de radiologista. Seus diagnósticos iniciais surpreenderam o diretor do hospital onde conseguiu o primeiro emprego. Como todo radiologista, usava métodos de imagens para orientar os procedimentos, evitando assim os cortes cirúrgicos.

Se tivesse enveredado pela botânica, ele entenderia com mais facilidade as transmutações, a troca de pele, as camadas acumuladas e os acontecimentos calcificados nos ossos. Mas ao escolher a radiologia, seu ofício era entender as imagens, traduzi-las e diagnosticar quando fosse necessário. O que eventualmente despertava uma polaroid de sua infância e o abandono.

A radiologia foi descoberta por um físico alemão após ver a própria mão projetada numa tela, enquanto trabalhava com radiações. Para comprovar o trabalho, William Röntgen radiografou a mão esquerda de sua esposa Ana Röntgen e com isso ganhou o prêmio Nobel de física em 1901. Com essa descoberta, tornou-se possível enxergar os pacientes por dentro e eventualmente curar aneurismas cerebrais, tumores malignos e até mesmo miomas uterinos.

Era um trabalho de equipe.

Mas Emanuel era só.

Quando Alma entrou no consultório, ele terminava de catalogar uma cirurgia realizada com sucesso. Veio desacompanhada para a consulta. Era alta e esbelta, não chegava aos cinquenta quilos e permaneceu com o mesmo semblante sereno enquanto ouvia o resultado do exame. Emanuel, no seu canto, não pôde deixar de perceber que havia algo errado na avaliação. O médico parecia distraído, a enfermeira o havia chamado três vezes até que ele lhe desse a devida atenção. Ainda assim, era dele a última palavra. Emanuel esperou que todos saíssem da sala e decidiu averiguar ponto a ponto os sintomas.

Não era a primeira vez que a via. Alma frequentava o mesmo café onde ele costumava almoçar. Pediam o mesmo chá, e ela também gostava de colocar dois cubos de açúcar na bebida. Rodopiava a colher entre os dedos até que pousasse na xícara de um jeito único.

Após varar a noite estudando, tomou uma decisão difícil. Datilografou novamente o diagnóstico e o colocou sobre a mesa, deixando o documento pronto para o médico assinar. Não cabia em si. Conseguiu até mesmo ouvir a secretária avisando a Alma da urgência do caso.

No dia marcado, Emanuel, com um gesto ousado, colocou a mão esquerda de Alma diante do Raio X. Pediu delicadamente que ela guardasse o anel que ela usava na mão esquerda. Não o havia notado em nenhum momento...

O procedimento foi um sucesso. O mioma foi retirado sem cortes, sem incisão. O diagnóstico adiou por alguns anos outros problemas que viriam. Alma ganhou mais tempo e mais vida. Ainda repousando, ela recebeu uma visita. O marido, seco, estendeu a mão a Emanuel em agradecimento. Fim do capítulo.

Ao sair do consultório, encontrou no bolso a palavra que o havia envelhecido. Doeu menos do que na primeira vez. A radiologia era precisa, e Emanuel, que sabia manejar as imagens como ninguém, entendeu que o mundo já existia antes dele e continuaria existindo após sua partida.

Só

Morreu. Estava feliz porque morreu. A primeira impressão foi óbvia e, mesmo assim, surpreendente. Sem o peso do corpo, tudo se torna mais leve. Morreu jovem ainda. Podia ter durado mais. Tinha família, saúde, um emprego razoável, jogava tênis nos fins de semana, mas não sentia falta de nada. Veio em boa hora essa morte. Deixou de fazer duas, três coisas, talvez: nunca foi ao Nepal, não provou absinto e passou mais de dez anos tentando transar com Lucinha, a prima adorada, que não lhe dava a menor bola. "Não dá para ter tudo", pensou, tranquilo, após a passagem.

Finalmente só. De agora em diante, tudo poderia ser visto de outro foco. Não pertencer mais ao mundo dos vivos era uma libertação. Podia brincar com o vento e passar horas conversando com o próprio pensamento. Morreu sem dever nada a ninguém. Isso é o que importa, pensou enquanto admirava sua própria alma. São tão leves, sorriu. O dia passou tranquilo, a noite também. Durante o enterro, estava tão cansado que adormeceu. Foi melhor assim, sem despedidas. O tempo passou. Quanto? Difícil dizer.

Tudo agora era diferente. Experimentou a sensação da chuva que não molhava, da fome que não doía, da sede que não precisava de água. Não havia nada no mundo que pudesse incomodar. Ouviu um barulho, passos. Encolheu-se: "vou fingir que estou morto." E riu das próprias palavras, como só os mortos sabem rir: debochado, feliz, aliviado. "Nunca mais vou ter que me preocupar com o que pensam de mim", confortou-se enquanto acompanhava uma folha ser levada pelo vento. Ouviu novamente os passos. Passos de criança, notou pela leveza do toque no chão. Era seu filho menor, que trazia nas mãos um saco com areia de Copacabana. A areia o comoveu. Não havia mais olhos, por isso não pôde sentir uma lágrima rolar. Tinha até medo de dizer: finalmente só! De agora em diante, não haverá obrigações, devoluções, considerações, nada. Seu espírito livre, bem-humorado, era pura luz. "Posso fazer o que quiser."

Engano seu — disse ele.

Ele? Ele quem?

Quem você acha que sou?

Um intruso, pensou.

Estou morto e não tenho por que responder nada a ninguém.

Eu sou o dono da morte. De agora em diante, você me pertence.

Não é possível. Depois da morte, virá a libertação. Tem que haver...

Não há.

Mas as palavras...

Muitas têm vários sentidos. E algumas, infelizmente, não fazem o menor sentido.

Ninguém tem o direito de roubar minha solidão.

Você não está entendendo. Por aqui os espíritos andam juntos. Um por todos e todos por um.

Então eu quero voltar.

Não existe retorno. Essa é a regra.

Posso morrer outra vez?

Já disse que não. E eu não tenho mais tempo a perder.

Silêncio. Três almas perdidas tentaram em vão abraçá-lo. Não havia consolo. Solta no espaço, sua alma rodopiou, encolheu, tamanha infelicidade.

Três perguntas, não mais do que isso. É tudo o que posso fazer.

Depois eu posso voltar?

Não há precedentes.

Mas, então, de que adiantam as perguntas?

Cabe a você descobrir.

Se foi para nos abandonar, por que nos criou?

O abandono é parte do crescimento. Não é nada pessoal. Faz parte de um processo. Segunda pergunta.

Por que alguns são tão fortes e outros tão fracos?

Veja bem: se todas as arestas fossem aparadas, se todas as montanhas tivessem a mesma forma, se todos vocês fossem iguais... O mundo estaria morto também, concorda? Ainda lhe resta uma última pergunta.

Prove que você existe.

Durante alguns segundos, Ele pensou.

Sua prima Lucinha está passando logo ali. É aquela de cabelos negros e nariz arrebitado. Quem sabe dessa vez você consegue?

E logo em seguida, Ele sumiu.

Dentes

Enquanto esquento a comida, Clara agarra meu pé e me faz tropeçar. Ela ri, eu não. O almoço queimou, mas vou servir o arroz papa assim mesmo. Ela gosta de comer da panela. No inverno passado, eu teria sentado no chão e chorado, em seguida esfregaria o fundo da panela até sentir a palha de aço envolver minhas unhas formando uma capa reluzente. Esfregaria mais uma vez para retirar os resíduos, mas hoje não. É verão. A cozinha explode de calor. Provo a comida e coloco mais sal. Sinto o corte de ontem arder. Não foi nada.

Os primeiros dentes costumam surgir por volta dos seis meses de idade. Entre seis e dez meses, os incisivos centrais inferiores despontam; entre sete e doze meses, os incisivos centrais superiores; em seguida os laterais inferiores; os superiores; primeiros molares, anotei num caderno.

Quando Clara completou quatro meses, vi sua gengiva se romper durante um passeio com outras mães que conheci no condomínio. "Não era para romper tão cedo", disse uma delas, já checando se Clara estava febril. A outra lembrou-se da genética, um banco de dados infernal, onde se encontram escondidos os pequenos demônios: a diabetes, o pé chato, a psoríase, a fraqueza com o álcool, de minha mãe e dois tios por parte de pai. Mas se começa depois dos cinquenta, é genético? Pensei. Tudo isso deve estar lá, no banco de dados que não quero que ninguém veja, mas é revirado por estranhas no momento em que a gengiva de Clara se rompe.

Coloquei o dedo médio suavemente em cima da rachadura, mas a areia escura do parquinho grudada em minha a mão não ajudou. A boca inflamou. Troquei de pediatra, e as mães, eu as via de longe, passeando, enquanto eu e Clara descobrimos as delícias da floresta viva do supermercado. Tivemos uma Calopsita, mas ela morreu debaixo da máquina de lavar. Gosto mais de plantas do que de animais. A sessão de hortifrúti transformou-se em nosso jardim. Eu fazia Clara tocar a alface como se acariciasse um gatinho. O brócolis era uma árvore onde os gnomos habitavam, alimentando-se de cogumelos e dormiam em redes forradas de ervilhas frescas. Ela passava os dedos miúdos nos legumes e já balbuciava sons de felicidade até que o dente incisivo central superior se rompeu.

Pensei em tocar sua gengiva, massagear com cuidado, mas ao me lembrar da areia do parquinho vesti as luvas descartáveis que encontrei na sessão de hortaliças. Enfiei a luva na mão direita e com a esquerda acenei para os táxis. Mais fácil conseguir transporte para um grupo de bêbados do que para uma criança que uiva de dor, pensei, até que um taxista fez a gentileza de parar. Era avô de cinco, ele disse. Pedi para trocar a estação do rádio, mas ele não entendeu, pois o som agudo de Clara abafava minha voz. Entregou-me um chocalho que tirou do porta-luvas e disse que tinha poderes mágicos. Disse também que o carro que me transportava levava seus netos para passear, nos fins de semana. "É só balançar o chocalho e a mágica vai acontecer". Ele disse. Vesti a outra luva do supermercado para pegar o brinquedo, ele reagiu com desdém. Disse que ia ligar para a esposa, ainda se atrapalhava com o uso do celular, mas se eu tivesse paciência, a esposa tinha receita para tudo. Recusei a ajuda, ele insistiu. Alterei o endereço, menti. Pedi para saltar, ele não tinha troco. Precisei atravessar um cruzamento com sinal quebrado e caminhar seis quadras com Clara no colo, impaciente, até o consultório da dentista infantil.

"Alguns bebês podem não apresentar alteração no comportamento devido ao nascimento dos dentes. Outros podem apresentar sintomas como agitação e irritabilidade; salivação abundante; gengivas inchadas, vontade de mastigar todos os objetos que encontram; dificuldade em comer; falta de apetite; dificuldade para dormir e febre. Para aliviar o desconforto, é recomendado que seja aplicado gelo nas gengivas. Brinquedos frios ou picolé de leite materno pode ajudar", ela disse.

Preguei a receita na geladeira: Para fazer o picolé deve-se: lavar bem as mãos com água e sabão e limpar as aréolas; desprezar o primeiro jato; retirar o leite e colocá-lo em um recipiente esterilizado; tampar o recipiente e colocá-lo numa bacia com água fria e pedrinhas de gelo por cerca de dois minutos; colocar o recipiente no freezer, por até, no máximo, quinze dias. Esta técnica não deve substituir a amamentação e só deve ser utilizada até duas vezes por dia.

Clara seguia entretida com o chocalho que não devolvemos. Mas no meio do inverno, o leite secou. Pesquisei outras receitas para aumentar o leite, mas a sopa de cabeça de peixe sem tempero me fez desistir da amamentação. Parti para o palito de cenoura, comprei o ingrediente principal na nossa floresta hortifrúti esperando dias melhores.

Para fazer os palitinhos de cenoura deve-se: descascar e cortar as cenouras em formato de palitos médios; deixar na geladeira por cerca de 2 horas; fornecer ao bebê de duas a três vezes ao dia.

Clara apresentou alergia ao corante natural da cenoura. "O betacaroteno pode ser perigoso, é melhor checar antes de aplicar na dieta sem conhecimento prévio", disse a nutricionista me apontando uma tabela de cores onde o laranja da cenoura se destacava. A desintoxicação foi um período conturbado, pois a médica aconselhou a não usar nenhum medicamento que pudesse provocar novas alterações.

Minha mãe decidiu passar um fim de semana em nossa casa, sem avisar. "O que esta criança está comendo?" foi a primeira de inúmeras perguntas que eu não soube responder. Após conferir a geladeira, colocar o colchão de Clara no sol para tirar a umidade e amenizar o cheiro que impregnava o quarto, ela disse que iria às compras e que eu não mexesse em nada na cozinha até ela voltar.

Ao retornar, limpou a bancada com álcool e improvisou um avental. Preparou bife de fígado batido no liquidificador. Clara não gostou. Minha mãe colocou mais sal, dizendo que os temperos são a alma da culinária e ajudam a refinar o paladar. Enquanto amassava o fígado na tigela, para obter uma pasta homogênea, percebi que o queixo de Clara parecia inflamado. O dela e o meu. Fui pesquisar bócio na internet. Talvez a doença estivesse escondida no emaranhado de nossa herança genética. Clara jogou a vasilha de fígado longe. Foi o suficiente. Pedi para a minha mãe ir embora. Todo o prédio escutou.

Clara só come alimentos pastosos. Gosta de comer com as mãos e com o que sobra, faz desenhos na parede. A diarista, que durou apenas uma semana, conta como faz em sua casa com os três filhos. Pedi para lavar a pilha de roupa que se acumula. Nem tinha reparado no cheiro dos lençóis. Perdi um brinco, uma argola de prata. Gostava do brinco. Não sei o que faço com a outra argola. Tenho receio que Clara o coloque na boca, ou jogue na privada, como fez com o celular. Clara se interessa quando a diarista lhe mostra uma colher. Sinto-me desconfortável, talvez seja uma gripe chegando, a cabeça dói. A diarista quer conversar, é amável, eu não. Prometo dar referência. A roupa na máquina eu sei bater. Clara vai completar um ano semana que vem, faremos um bolo. Preciso de uma receita. Não sei quem convidar.

Os dentes incisivos cortam os alimentos, os caninos são responsáveis porfurar e rasgar e os molares por esmagar. A primeira dentição completa do bebê tem vinte dentinhos, dez em cima e dez em baixo e todos eles já devem ter nascido até os cinco anos.

Clara é um projeto solo. Tem apenas o meu sobrenome. Sinto-me plena e aterrorizada quando ela abre a boca. Não imaginava os dentes. Hoje é dia de festa. Acordei com o canino rasgando o céu.

Raízes

A memória é lábil.
NATALIA GINZBURG

Quem me vê de fora o que vê?

Pois se a árvore dá frutos e vive um ciclo completo, nós primeiro derrubamos e depois, eventualmente, perguntamos: seria para que, esta árvore?

Estava encobrindo a vista, alguém respondeu. Tinha minhocas no tronco, e minhocas procriam, completou outro alguém.

Parece frágil, mas vai que cresce e engorda, a minhoca? Melhor não. E assim foi-se a árvore para o chão.

Um ipê? Uma aroeira? Um araçá? Cajá-manga? Um cedro-rosa? Amendoeira? Um pau-ferro? Jacarandá? Massaranduba? Um oiti? O que importa? Tinha folhas, isso é o que importa.

Quem me vê de fora, vê o quê? Será que vê meu vestido? Será que sabe onde é meu abrigo? Não tenho tido para onde correr. Andam fechando os caminhos, não entendo o porquê.

E quem me olha, vê o quê?

Vejo eu uma velha. Uma velha criança que passou grande parte da vida se cobrindo de fatos, de celebrações. Colecionando velas de aniversário, congelando fatias de bolo com etiquetas, uma para cada ano que passa. Mas os fatos não resistiram. Estavam muito apertados, com enxaqueca, e na cabeça da velha criança não mais cabiam. Revoltaram-se. Então alguém deu um tiro nos fatos. Morreram de morte justificada. Isso é fato.

E a árvore tombada foi a única que viu. Assistiu a toda a cena com sentimentos mistos. Liberdade, mas também prevaricação, pois de inocente não tinha nada.

Sabia tudo. Via longe, mesmo derrubada. Era um salgueiro chorão.

O outro caso Morel

Os poetas não terminam os poemas, eles os abandonam.
PAUL VALÉRY

É nisso que dá imaginar coisas, ou fazer promessas, falar demais ou falar sem pensar. Foi assim que começou o dia. E tudo poderia ter sido evitado. Melhor você saber como aconteceu, ou melhor, tente acompanhar como vou contar o que aconteceu. Mas tudo isso já aconteceu há muito tempo.

Sou feito de carne e osso, material perecível, com prazo de validade abreviado por certos exageros que cometi na juventude. Escrever foi um deles.

Fui retirado da estante, abruptamente. Após uma discussão acirrada sobre os valores morais de quem estava por trás daquela narrativa. Porque atrás do homem vem o que pensa o homem e daí já nascem as distorções.

Uma cadeira não é uma cadeira.

Assim como uma coisa nomeada não é mais uma coisa.

Insisti em minha inocência, mas não ajudou.

Fui acusado também pelos meus pensamentos pois não quis declarar o que era falso e o que era verdade. No tribunal, onde todos me olhavam, insisti que trabalhava apenas com ficção e que disso tirava meu ganha-pão. Fui acusado de escolher mal as palavras, negligenciar e não respeitar os léxicos.

Retruquei dizendo que era assim que arrancava alguns sorrisos do povo que me usa como distração, um ópio suave, mas ninguém achou graça.

Vi na plateia alguém sussurrar que em breve trariam um mandato me tirando o acesso à caneta, e ao lápis 6B, dificultando ainda mais minha jornada. Costumo apagar, rasurar, não vejo problema. Meus pensamentos nascem borrados. Destrinchar o que fica é a parte mais terrível do dia.

Ainda no julgamento, não consegui responder por que escrevi este livro, e isso pesou contra mim. Ai, a literatura, as oficinas, não achei que fossem fazer mal a ninguém.

Faria diferença se tivesse sido diferente? Se todo esse tempo que perdemos nos acusando um ao outro de ter usurpado a linguagem tivesse sido usado para outro fim?

Quando ouço que a literatura está por um fio, sinto pena, preciso correr antes que acabe. Afinal, os livros, foram eles os responsáveis pelos melhores momentos em que temia o pior.

Faria diferença se tivesse sido diferente? Não sei quantas regras infringi, mas devo admitir que sim, usurpei as belas letras, me meti onde não devia, vilipendiei os bons costumes, avançando sinais proibidos, e com isso iludi todos aqueles que se deixaram levar pelas bobagens que escrevi.

E que por terem me acompanhado – dizia a acusação – tornaram-se indefesos, sem direito à resposta, sem que pudessem concluir seus pensamentos.

E já estando condenados por terem ousado pensar diferente, andar diferente, amar diferente, enfrentando diferentes obstáculos, não aceitando ficar indiferentes ao senso comum, que enquadra, classifica e seleciona apenas alguns, que comem pelas beiradas até que não haja sobras para os que se rebelaram? Isso foi o que eu disse. E completei:

A resposta, senhores, eu não sei. E invoco o direito de permanecer calado, mas ainda assim, mesmo sem superfícies, vou continuar a escrever.

Por ser indigente, tendo apenas uma publicação, achei que poderia passar despercebido, ou talvez pudesse ter a pena reduzida.

Enquanto aguardo a sentença, tenho evitado lugares públicos. A biblioteca que frequentava foi parcialmente destruída. Lá encontraram alguns volumes rasgados do Sr. Santana, *O concerto de João Gilberto* comido pelas traças, a capa do *Voo da Madrugada* pichada com uma suástica. Foi encontrado também um exemplar de *Bufo & Spallanzani* com seu miolo extirpado, sem traços de sangue, o que é incomum. Descobri que Clarisse foi traduzida às pressas para o ídiche e enviada de volta à Lituânia. Pesava pouco, só ossos, já os livros suscitaram desconfiança na alfândega, por conta do volume.

O Sr. Fonseca e o Sr. Santana também foram acusados postumamente de leviania, pois representavam a elite mascarada e abusiva que tocava o terror, utilizando taças de cristal como armas.

Seus restos literários foram incinerados enquanto eu corria, achando que havia uma saída, até que fui alcançado por trás.

Caligrafia

O amanhecer é uma festa para os convidados que estão dormindo.
CARLOS DRUMOND DE ANDRADE

Um dia você acorda sozinho, no meio da noite, no centro do mundo, sem ter ninguém com quem falar e constata que seu telefone está mudo há dias, embora você tenha acordado, se alimentado, trabalhado e feito tudo o que considera normal uma pessoa fazer. Então, vem aquela fisgada e você se pergunta: para onde foram?

O melhor é vender a casa, afinal, você já viveu o suficiente. Seus pais estão mortos. E ninguém precisa mais de copistas. Eles estão obsoletos, foi o que você ouviu falar. Isso pode te dar asas, quem sabe?

Enquanto não se decide, você caminha até a beira-mar, o dia convida.

Então você escuta uma conversa: a moça, vestida com a roupa de ontem, cheia de brilhos, tem a maquiagem borrada. O rapaz perdeu um botão da camisa, mas eles estão ok. Deve ter sido divertida, esta noite, que parece estar terminando ali. Ele tem nas mãos um refrigerante de lata, dá um último gole. Talvez seja o que sobrou de uma cerveja. Ela alisa a franja do vestido enquanto mexe no celular, a bateria vai acabar em breve. Alguns surfistas aproveitam as ondas, deslizam, na velocidade exata, enquanto eles decidem o futuro.

Que história você vai contar quando chegar em casa?

Um surfista desaparece no horizonte e você copia uma última onda, essa que vai te levar.

As pedras

Mamãe, para onde vão as pedras quando morrem?
O que foi, meu filho?
Eu perguntei para onde vão as pedras...
Querido, de onde você tirou essa ideia?
Eu quero saber para onde vão...
Você disse as pedras?
Sim, mamãe, as pedras. Para onde elas vão?
Amor, as pedras não morrem.
Eu vi uma pedra morrer.
Quando você viu isso?
Ontem, no caminho de volta da escola.
Mas nós voltamos juntos. Eu fui te buscar, esqueceu?
Foi antes de você chegar.
Você tem dormido bem? Pode ter sido um sonho...
Eu vi, mamãe. A pedra, ela estava ali do meu lado e de repente morreu. Por que foi que ela morreu? Será que fui eu?...
Claro que não, imagine. Você não teve culpa. Ninguém tem culpa. Quando alguma coisa morre, é porque tem que morrer. É porque chegou a hora. Tudo tem um fim...

— Foi o que eu pensei...

— Você entende quando eu digo que tudo na vida tem um fim? Quer dizer, tudo o que tem vida um dia termina...

— Foi o que eu pensei que fez a pedra morrer...

— O que foi que você pensou?

— É uma coisa que eu penso todo dia...

— Você não pode se deixar levar pelos maus pensamentos. Você pensa muito em coisas ruins?

— O que é uma coisa ruim?

— Nada, meu bem, procure entender: nós é que controlamos nosso pensamento. Você tem que ser forte.

— Como eu era?... quando nasci.

— Azul. Você nasceu azul. Ficou dias assim... meio azul, meio lilás, depois foi clareando...

— E você?

— Eu o quê?

— Você também nasceu azul?

— Eu não tenho certeza, mas acho que nasci sem cor. Transparente. Como a chuva.

— Você nasceu num dia de chuva?

— Filho, me dá um abraço?

— Mãe...

— Sim, querido...

— Ali...

— O que foi?

— Eu vi. Morreu mais uma.

© Denise Crispun 2022
© Numa Editora 2022

EDIÇÃO
Adriana Maciel

PRODUÇÃO EDITORIAL
Marina Lima Mendes

REVISÃO
Laryssa Fazolo

PROJETO GRÁFICO
Dupla Design

IMAGEM DE CAPA
Ney Valle
Eu ando intolerante com
a minha metanarrativa
julho | 2021
Caneta sobre papel
21x30cm

DADOS INTERNACIONAIS DE CATALOGAÇÃO
NA PUBLICAÇÃO (CIP) DE ACORDO COM ISBD

C932f

Crispun, Denise
   Furiosamente calma / Denise Crispun.
   Rio de Janeiro: Numa Editora, 2022.

   156 p. ; 14cm x 21cm.

   ISBN 978-65-87249-57-5

   1. Literatura brasileira. 2. Contos. I. Título.

CDD 869.8992301
CDU 821.134.3(81)-34
2022-2157

Elaborado por Odilio Hilario Moreira Junior
CRB-8/9949

Índice para catálogo sistemático:
1. Literatura brasileira: Contos 869.8992301
2. Literatura brasileira: Contos 821.134.3(81)-34

numa EDITORA

contato@numaeditora.com
@numaeditora
numaeditora.com

Este livro foi composto na fonte Museo Slab e impresso em papel Pólen Bold 90g.